偽物アルファは執事アルファに溺愛される

Kei Shinomiya
四ノ宮慶

CHARADE BUNKO

Illustration

奈良千春

CONTENTS

【プロローグ】

『人に肌や髪、瞳の色の違いや性の違いはあっても、生まれながらに優劣なんてないの。歩む道は、自分次第でいくらでも選ぶことができるわ。自分に素直に、恥じないように生きる――それが、人に与えられた自由よ』

たまたまインターネット上で見つけた小説の一節は、大学生だったわたしの固く閉じてしまった心にいとも容易く風穴を空けた。

「自分が思うように生きていいんだ……」

アルファである自分の性を持て余し、生きることの意味を見失っていたわたしは、【多《た》賀《が》谷《や》虹《こう》】というウェブ作家の作品に、性に囚われず生きる勇気と希望をもらったのだ。

男女の性に加えて第二の性――バース性が日本で発見されたのは、一三〇〇年ほど前のことだとされている。バース性とは、アルファ、ベータ、オメガという三つの性の総称だ。

知性や肉体、容姿など、あらゆる面において優れた遺伝子を有する希少種のアルファ。

バース性の影響がほとんどなく、人口比がもっとも多いベータ。

そして、男女ともに妊娠出産が可能で、定期的にヒートと呼ばれる発情期が訪れる超希少種のオメガ――。

古くは世界中でアルファを頂点とするヒエラルキーが構成され、オメガは差別や虐待、性的搾取の対象とされてきた。しかし、バース性成熟期とされる現代では、オメガの人権はしっかりと保護されるようになり、社会進出も増えてきている。

といっても、アルファ種の選民意識やオメガへの差別が完全になくなったわけではない。

アルファはアルファらしく、優秀で立派であれ。

ベータはふつうの幸福を。

オメガは身のほどを知り、アルファの子を産め——。

誰も口にはしないが、今も多くの人が第二の性に囚われて生きている。

理不尽な価値観に絶望しかけていたあのとき、多賀谷虹の小説に出会えたことは、わたしの人生における大きなターニングポイントとなった。

アルファらしくあれ——という呪縛から、あの瞬間に解き放たれたのだ。

「自分に素直に、恥じないように生きる——」

わたしに勇気を与えてくれた一文は、今では座右の銘となっている。

以来、多賀谷虹の作品に、わたしは何度も慰められ、救われてきた。

彼の作品や言葉さえあれば、恐れるものなど何もないと思えるくらいに——。

【一】

嫌々ながらに出演を承諾したテレビ番組の収録後、多賀谷は目をつけていたアシスタントディレクターを控室に連れ込んだ。

「あ、あたしみたいなベータで……いいんですか？」

自虐的な台詞を口にしつつ、アシスタントディレクターが期待に満ち満ちた瞳を多賀谷に向ける。

首から下げられたネームプレートに「今井陽菜《いまいひな》」と記されているのを確認して、多賀谷はスッと目を眇《すが》めた。

「いいな……と思った相手を口説くのに、性差なんか関係ないだろ。陽菜？」

いわゆる壁ドンの体勢で彼女の耳許に囁《ささや》き、細い腰に手を伸ばす。

「名前、覚えてくださってたんですね……」

陽菜は感動の面持ちで多賀谷を見た。

「収録中の陽菜の働きぶりを見ていて、触れたい——そう思っただけだ」

我ながらクサい台詞に辟易《へきえき》するが、相手を落とすにはこれぐらい甘くわかりやすい言葉のほうが、無駄に笑顔を見せるより手っ取り早い。それに、番組スタッフの中で彼女が一番きびきびとした動きを見せていたのは事実だ。愚鈍な相手を選ぶと後々面倒なことになると、これまでの経験で痛感している。

「多賀谷先生みたいな才能のある作家さんにそんなふうに言ってもらえるなんて、嘘《うそ》でも嬉《うれ》しいです」

「鵜呑《うの》みにしていいのか。俺の噂《うわさ》を知らないわけじゃないだろう？」

多賀谷の奔放ぶりは出版業界や芸能界では公然の秘密だった。仕事相手の俳優やスタッフに担当編集はおろか、アルバイトの学生まで、欲求不満を解消するために手を出しては捨てる爛《ただ》れた生活を送っていた。

しかし、関係をもつ相手はベータだけで、オメガはもちろんアルファとベッドをともにしたことはただの一度もない。アルファは主導権を握ろうとしてくるし、オメガは何かと面倒臭い。反面、ベータはアルファに対して少なからず憧れを抱いているし、何かあっても押さえ込みやすいので遊び相手として重宝していた。

「遊びでも……先生みたいなアルファとなんて、奇跡みたいなものだから」

うっとりとして頬を染める陽菜を見つめたまま、多賀谷は抱いた腰を引き寄せた。

「じゃあ、これが遊びだということも理解している——と受けとっていいんだな？」

やや垂れ目がちの瞳を見つめて吐息交じりに問いかけると、相手がこくんと頷《うなず》く。

「……はい。先生にご迷惑はかけないって約束します」

多賀谷がただじっと見つめて甘く囁けば、十中八九、狙った相手を手中にすることができた。西洋人でアルファの父、日本人でオメガの母の間に生まれた多賀谷は、美しい容貌と虹彩が青みの強い虹色をしたアースアイをギフトとして授かった。

一七八センチとアルファとしては小柄だが、文壇の氷華《ひょうか》と称される容貌と洗練された身のこなし、そして独特な輝きを放つアースアイをもってすれば、どんな相手——アルファでさえも一瞬で多賀谷の虜となった。

——とりあえず、今日の相手はコレでいいか。

「仕事もできるうえに、話もわかる……か」

腰から背中へと手を滑らせながら、薄くリップが塗られた唇に口づけようと顔を近づける。

そのとき、控室の扉がノックされた。

「多賀谷先生、失礼します」

返事をするより早く扉が開いたかと思うと、見知らぬ長身の男が姿を見せた。黒いスーツをきっちりと着こなし、白い手袋を着用した手にはボストンバッグを提げている。

「応答も待てないとは無礼な奴だな。だいたい、鍵をかけてあったはずだぞ」

多賀谷は動揺を抑え込み、淡々とした口調で言いながら男を睨《にら》んだ。

「すみません。先生の姿が急に見えなくなったので慌てていたんです」

男は悪びれる様子もなく答えると、手にした小さな鍵を多賀谷に見せる。

「こちらの鍵はスタッフにお借りしたものです。……ところで、そちらの女性は？」

鷹揚《おうよう》とした態度で、男は陽菜を見つめた。その口許にはうっすらと笑みが浮かんでいる。

するど突然、多賀谷の腕の中で陽菜が声をあげた。

「す、すみません！　あたしは失礼します。今日はありがとうございました！」

多賀谷の腕をすり抜けて控室から出ていってしまった。

「あっ、おい……」

呼び止めようとするが、扉の前に立ちはだかる男が邪魔をする。

――くそ。せっかく見つけた相手だったのに……。

内心、腸《はらわた》が煮えくり返っていたが、多賀谷は深い溜息《ためいき》を一つだけ吐いて、謎の男を細めた目で見据えた。

「で？　お前はいったい誰で、何故、俺の邪魔をしたんだ？」

表情には出ていなくても、大概の者なら多賀谷の怒りを感じとっただろう。

しかし、男はまったく意に介さない。

「わたしは二谷書房《にたにしょぼう》の實森侑一郎《さねもりゆういちろう》と申します」

深々とお辞儀をすると、顔を上げて微笑みながらスッと名刺を差し出した。二谷書房とは多賀谷がデビュー以来メインで世話になっている出版社だ。

「本日づけで多賀谷先生の担当編集兼マネージャーとなりました」

年齢は三十代前半といったところだろうか。ゆるくカールがかかった濃い茶褐色の髪は、毛先に向かって明るい金茶色をしている。その髪をきっちりと低い位置でポニーテールに結い上げ、一見して仕立てのよさが窺《うかが》える黒を基調としたスーツを身に着け、背筋がシャンと伸びた佇《たたず》まいはとても美しい。

「……へ、編集兼、マネージャー、だと？」

實森のただならぬ雰囲気に思わず見惚《みと》れていた多賀谷は、ハッと我に返ると慌てて問い返した。さっきから胸が不自然に高鳴ってどうしようもない。不意を衝かれた驚きだけなら、とっくに落ち着いているはずだ。

心の中で「冷静になれ」と自身に訴えつつ、ふと、スタジオ入りまで付き添っていたマネージャーがいつの間にかいなくなっていることに気づく。

「はい。また、今日から先生と同居して身のまわりのお世話をさせていただくことになりました。生活のすべてを管理サポートいたしますので、執事と家政夫も兼ねると思ってくださって結構です」

「同居？」

多賀谷は差し出された名刺に目もくれず、踵《かかと》の音を響かせて實森に近づいた。そして、表情をピクリとも動かさないまま實森へきつい視線を向ける。

身長は二メートル近くあるだろうか。広い肩に長い手足、嫌みがない程度に筋肉をまとった体軀《たいく》と整った容貌から、實森はアルファに違いないと多賀谷は察していた。

体格差のせいか、それとも出版社の稼ぎ頭ともいえる作家を前にして、微塵《みじん》もおもねる様子のない態度のせいか、實森と対峙《たいじ》していると胃の奥がぞわぞわして落ち着かない。

「そんな勝手なことが、許されると思っているのか」

「許すも何も、残念ながら、先生に拒否権はありません」

やや薄めの唇を綻ばせているものの、怜悧《れいり》な目許は笑っていない。そうこうするうち實森は、テキパキと多賀谷の荷物をまとめて腕を摑《つか》んできた。

「いきましょう」

「触るな」

多賀谷は咄嗟に大きな手を振り払う。

怒りを瞳に込めて睨《ね》めつけると、實森が呆《あき》れた様子で溜息を吐いた。

「まったく、手のかかる人ですね。素直に言うことを聞いてくださらないなら担いでいくしかありません」

「え?」

問い返す暇もない。

次の瞬間、多賀谷は軽々と實森の左肩に担がれていた。

「うわっ」

思わず驚きの声が漏れ出てしまう。二メートル近い高さで顔を下に向けた不安定な体勢に、多賀谷は一瞬、身の竦むような感覚を覚えた。

「では、いきましょうか」

實森は何度か多賀谷の身体を揺すって安定させると、まとめた荷物を右手で摑んで控室から出ていこうとする。

——こんな格好で人前に出るなんて、冗談じゃない！

實森が複数の荷物を持った右手で器用に扉を開けかけたところで、多賀谷は堪らず声を発した。

「わかった！　わかったから……。自分で歩くから下ろせ」

すると、實森がクスッと笑う気配がした。

「最初から素直にそうしていれば、わたしも無駄な労力を使わずに済んだんですけどね」

嫌みたらしい台詞を口にしながら、實森はゆっくり多賀谷を床に立たせた。

「ああ、せっかくのスーツに皺《しわ》が……」

均整のとれた身体のラインが際立つ細身のカジュアルスーツを身に着けた多賀谷を、實森が困り顔で見つめる。

「深い紺色のジャケットに先生の白い肌がよく映えて、とてもお似合いだったのに」

皺ぐらいでそんな顔をするなんて、多賀谷には理解できない。

「まったく、先生が駄々をこねるからこんなことになるんです」

「は?」

實森が強引に担いだせいで服に皺が寄ったのに、あまりにも理不尽な言葉だ。

控室の扉が開かれると同時にむんずと左腕を引っ張られ、たたらを踏むようにして廊下に出てしまう。つんのめって転んでしまいそうになるのを堪え、多賀谷は實森に声をかけた。

「急に引っ張るな。転んだらどうしてくれるんだ」

しかし、實森は振り向きもせず、ずんずんと廊下を進んでいく。

「おい……」

大きな背中に呼びかけたところで、多賀谷はふと視線を感じて周囲を見まわした。

——あ。

擦れ違うテレビ局のスタッフや芸能人が、實森に手を引かれて歩く多賀谷を見ては、驚きと好奇の表情を浮かべている。

その瞬間、全身がカッと熱くなった。激しい羞恥と憤りが身体中を駆け巡る。

「放せ」

抑揚のない、けれどきっぱりとした口調で告げると、多賀谷は思いきり足を踏ん張った。

さらに、摑まれた腕をぐいっと引き寄せる。

すると、ようやく實森が振り向いた。

「先生？」

「手を放せ。自分で歩くと言ったのが聞こえなかったのか」

實森をきつく睨みながら話すうちに、多賀谷はゆっくり冷静さをとり戻していく。

人の目に晒《さら》されることにはある程度慣れたつもりだが、子供みたいに手を引かれて歩く姿や、羞恥にとり乱したみっともない様子を見られるのは我慢ならない。

多賀谷は、つねにアルファであることを意識して生きている。

アルファらしくあれ——。

幼いころから何度も言い聞かされて育ったからだ。

それこそ、まるで呪文のように……。

「失礼しました」

實森がふっと表情を綻ばせ、多賀谷の左腕を解放する。

「先生が隙を衝いて逃げ出すのでは……と、心配だったもので」

あてつけがましい言葉を口にする實森を一瞥《いちべつ》すると、多賀谷は無言で足を踏み出した。

地下駐車場に着くと、實森は一際目立つ車を指差した。

「あの赤いロードスターがわたしの車です」

まるでペットか家族でも紹介するような口ぶりだ。

車に詳しくない多賀谷だったが、その名前ぐらいは聞き知っている。

「できればオープンにして走りたいところですが、先生がごいっしょだと衆目を集めてしまうので閉じているんです」

實森がボリュームのある真っ赤なフロントボンネットを愛しげに撫《な》でる。よく目にするオープンカー仕様ではなく、シートは黒いハードタイプのトップで覆われていた。

濡《ぬ》れた赤い唇のような車体をぼんやりと眺めていると、實森がそっと肩を押すようにして助手席側へ促した。

「とても可愛らしいでしょう？」

不意に、實森が耳許へ囁きかける。

「……え？」

實森は多賀谷の戸惑いを気にするふうもなく、静かに助手席の扉を開けた。

——空耳？

「どうしました、早く乗ってください」

「どうして俺がお前の車で送られなきゃならないんだ」

扉を挟んで向き合うと、實森がにっこりと見え透いた作り笑いを浮かべる。

「ですから、本日より先生と同居して……」

「勝手に話を進めるな」

實森の言葉を遮ると、多賀谷は抑揚のない口調で自身の言い分を告げた。

「だいたい、お前、アルファだよな？　俺は自分よりガタイのいいアルファが視界に入るだけで気分が悪くなる性質なんだ。それなのに、どうして同居なんかしなきゃ……」

さっきから胃の奥がジンジンして痛痒《いたがゆ》いのは、アルファの見本みたいな實森を相手にしているせいに違いない。

「その点についてはご安心ください」

すると、實森が胸に左手をあててわずかに頭を下げた。

「わたしはバース性から解放されるために、自ら抑制処置を受けているので、正確にはアルファではありません」

「抑制処置だと……？」

思ってもいなかった告白に、多賀谷は文字どおり絶句する。

抑制処置とはアルファ特有のフェロモンを発したり、他者のフェロモンを感知することができなくなる処置のことだ。おもにフェロモン異常の治療や、自らのフェロモンを悪用した犯罪の処罰として施される。一般的には去勢手術のように認知されており、処置を受けたアルファは「種なし」などと侮蔑されることもあった。

それなのに、自ら抑制処置を受けるアルファが存在するなんて——。

茫然《ぼうぜん》としているところを、實森にやすやすと助手席に押し込まれ、シートベルトを装着される間も、多賀谷は信じられない想いでいっぱいだった。

「さあ、帰りましょうか」

自分の家に帰るように言うと、實森はそっと多賀谷の膝にボストンバッグを置いた。

「え？　おい、これ……」

ほかの荷物はトランクにしまったようなのに、どうしてこのバッグだけ……しかも多賀谷の膝に置いたのだろう。

「出しますよ」

多賀谷の困惑をよそに、實森は静かにアクセルを踏み込んだ。エンジンが低く唸《うな》りをあげ、赤い車体がゆっくりと走り出す。

そのとき、バッグの中で何かがかすかに動く気配がした。

——なんだ？

手でバッグの外側を探ると、右側面がネット状になっていることに気づく。

——これは、たしかペットの移動に使うバッグだったか？

ネットの奥に目を凝らすと、ふかふかのタオルの上で一匹の子ネコが眠っていた。

「あ」

さっき収録した番組で触れ合った子ネコだと覚った多賀谷の口から、思わず小さな声が零れる。生後三か月ほどのキジ白の毛並みをした八割れの雄で、しっぽの先が少し曲がっていた。生まれて間もないころに母ネコと保護されたらしい。

多賀谷と實森が言い合っている間も、子ネコはぐっすり眠っていたのだろうか。だとしたら、かなりの大物に育つだろう。

そんなことを考えながら、運転席の實森に問いかけた。

「本当に、連れて帰るのか？」

有名人が自宅で子ネコを飼う様子を観察する企画を明かされたのは番組の収録中のこと。何も聞かされていなかった多賀谷にとって、まさに青天の霹靂《へきれき》だった。

「はい。……そんなことより」

駐車場出口のゲートをくぐり、ロードスターが地上に出る。一瞬、眩《まばゆ》い陽光が視界を遮り、多賀谷は堪らず顔を顰《しか》めた。夕暮れはまだ遠く、五月晴れの雲一つない青空が広がっている。實森がオープンカー仕様で走りたいと言った気持ちがわかるような気がした。

「聞いたところによると、お付き合いされていた女優さんからの連絡を一切無視されているそうですね？」

多賀谷虹原作の映画が公開直後のことだった。主演のオメガ女優との熱愛報道が世間を賑《にぎ》わせたのだ。一部ではこのまま結婚するのではないかという憶測まで流れているらしい。

「付き合ってなどいない。映画の話題作りになるかと思って、何度か食事にいっただけだ。向こうのマネージャーだって承知していたんだ」

——この俺がオメガと付き合うなんて、冗談じゃない。

想像しただけでも身震いがする。

多賀谷は子ネコが眠るバッグを両腕で抱えると、溜息交じりに続けた。

「それなのにあのオメガ……。急に結婚したいだの番《つがい》になりたいだのと言い始めた。まともに相手をするのも馬鹿らしくて距離をとっただけだ。そもそも、今どき番契約なんて時代遅れだと思わないか？」

番契約とは、アルファとオメガの間にのみ成立する縛りのことをいう。俗に「ヒート」と呼ばれる発情期のオメガとのセックス中に、アルファが項を噛んだまま射精することで番となるのだ。番になるとオメガは相手のアルファ以外とはセックスできなくなり、関係を解消できるのは相手のアルファが死亡した場合に限定されていた。そのため、番契約はオメガの人権侵害にあたると問題視する動きが大きくなり、結婚しても番契約を結ばないアルファとオメガがほとんどだ。

また、かつては望まない番契約を避けるため、オメガは首輪をつけるのが一般的だった。しかし現在は、肌と一体化する特殊なシートで項を保護する者が増えつつある。

苛立ちを微塵も顔に出さないまま、多賀谷は淡々と愚痴を吐き続けた。

「だいたい、俺が寝るのはベータだけだと事務所も知っているはずだ。オメガなんて面倒な相手と本気で付き合うわけがないってわかるだろう？」

体内に溜まった劣情を発散させる相手は、絶対にベータと決めている。世間には奔放で誰とでも寝るように噂されているが、そのルールだけは守り続けていた。

「先生にその気がなくても、あちらがその気になるような態度をとっていたのではありませんか？　先日、ティエラプロと弊社宛てに先方の弁護士から、このまま無視を続けるなら法的手段に出る……という連絡が届いたんです」

ティエラプロモーションとは、多賀谷虹のマネジメントを担当している大手芸能プロダクションだ。二谷書房は同じグループ会社で、多賀谷と専属契約を結んでいる。

「だからなんだ？　勝手に盛り上がったのはあっちだろう」

多賀谷は気の抜けた声で返事をした。

實森はハンドルを握ったまま、まっすぐに前を見据えて話を続ける。

「先生はこれまでにも同じようなスキャンダルを何度も繰り返してきましたよね？　そのたびに、ティエラプロは記事を揉《も》み消したり示談金を払って先生を守ってきました」

十代で鮮烈なデビューを果たした将来有望なアルファの若手作家というだけでなく、人形のように整った容姿も相まって、自身が老若男女問わず数多《あまた》の人を惹《ひ》きつけるという自覚はあった。事務所や出版社が多賀谷の尻拭いに手を焼いている事実も知っている。

「だったら今回も同じように、金で黙らせればいい。だいたい、結婚なんて未熟な人間がすることだ。俺は絶対に結婚なんかしない。それに、今までのことだって俺が頼んだわけじゃない。お前らが勝手にやっただけだ」

「なるほど。ひどいクズッぷりですね……」

實森が嫌悪をあらわに悪態を吐く。

「はあ?」

これまでのマネージャーや編集者に、そんな言葉を吐きかけられたことは一度もない。さすがの多賀谷も、驚きに声が上擦ってしまう。

「お前、今なんて……」

運転席に向かって言い返そうとするが、その前にわざとらしい咳払《せきばら》いに遮られた。

「とにかく、多賀谷先生のためにこれ以上のリスクは負えないとのことで、ティエラプロは先生が更生しない限りマネジメント契約を更新しない方針を固めました」

「脅すつもりか?」

冷静さを保とうとするが、想像だにしていなかった展開に怒りを覚える。

「いいえ。ティエラプロはもちろん、二谷書房としても先生を失いたくはありません」

「いったい何が言いたいんだ?」

新緑の眩しい街路樹が連なる幹線道路を、ロードスターは滑るように走り続ける。

「これから先も良好な関係を続けていくために、わたしが先生を更生させる役目を仰せつかったのです。更生が認められるまで同居して、二十四時間かたときも離れず、どこにいくにも同行するよう命じられています」

「そんな話、受け入れられるはずがないだろう。まったく、馬鹿馬鹿しいにもほどがある。契約破棄したいならすればいい」

そう言い捨てると、多賀谷はシートに背中を預けた。多少驚きはしたが、多賀谷をマネジメントしたいという事務所はいくらでもあるだろう。二谷書房にはデビューさせてもらった恩義があるが、書く場所は引く手数多だ。

契約を切られたところで痛くも痒くもない。多賀谷はそう高をくくっていた。

しかし――。

「契約破棄となった場合、過去にティエラプロが支払ってきた慰謝料等を一括にて請求するとのことです」

「一括……？」

突きつけられた言葉に耳を疑う。

「ちなみに、これまで先生を守るためにかかった慰謝料や示談金の総額ですが、預貯金等の資産をまとめてようやく……といったところです」

實森が意地の悪い微笑みを浮かべた。

「……」

ぐうの音も出ないとは、こういうことかと愕然《がくぜん》とする。税理関係まで事務所に任せてしまっていたことを、多賀谷は心の中で反省した。

「ご自宅のマンションまで手放してしまったら、生活がままならなくなるのでは？」

デビュー以来、次々とベストセラー作品を世に送り出し、著名人の年収ランキングに名を連ねてきた多賀谷には浪費癖があった。自宅の高級マンションもそうだが、欲しいと思ったものは金額にかかわらず購入する。おまけに、遊びと割り切った相手にも、せがまれればなんでも買い与えてきた。アルファとしての矜持《きょうじ》を示す意味もあったが、本音としては結婚する気もなければ財産を誰かに残す気持ちもなかったからだ。

「受け入れられないとなれば、契約破棄と慰謝料の一括請求を呑むということでよろしいですか？」

悔しさと怒り、苛立ちなどといった負の感情が、多賀谷の身を覆い尽くそうとしていた。しかし、それでも感情の乱れは顔に出さない。アルファたるもの、人前で動揺を見せるのは恥ずかしいことだと躾《しつ》けられて育った。

「……仕方ない」

ほんの数秒間、多賀谷は無言で實森を睨んだが、やがて渋々小さく頷いた。

「言うとおりにしてやる」

「ありがとうございます。わたしも先生のために精一杯、尽くすつもりです」

信号で停止したタイミングで、實森が笑顔を向ける。

しかし多賀谷は返事をする気もなかった。

信号が青に変わって、ふたたび車が走り出す。そうして、五分ほど経ったところで、ロードスターは多賀谷が暮らす高層マンションの住民専用地下駐車場へと滑り込んだ。

「おい、この車……」

駐車場のゲートの前で一時停止させた實森に、多賀谷はつい声をかけてしまった。この駐車場は事前に登録された車でなければ入庫できないからだ。

「ご心配なく。すでに車の登録は済ませてあります」

實森の言葉どおりゲートはすぐに開かれ、ロードスターは難なく入庫することができた。

「なるほど。すっかり外堀は埋められているということか」

「作家らしい表現ですね」

實森に褒められても、少しも嬉しくない。

何も知らないうちにここまで事が進んでいたのかと思うと、腹が立つよりいっそ可笑しくなってくるから不思議なものだ。

同時に、そう簡単に言いなりになるのも悔しい気がする。

もし、ここで實森を振り切ることができれば、失態の責任をとって担当を交代させられないだろうか。

車をバックで駐車させる實森の表情を窺うと、多賀谷はシートベルトをこそりと外した。

車止めに軽くタイヤがあたった感覚を察した瞬間、多賀谷は子ネコの入ったバッグを足許に置き、素早く助手席の扉を開けた。

「先生？」

實森の声を聞きながら助手席を飛び出し、一目散に通用口へ駆ける。駐車場から最上階の自室に向かうには、一度エントランスを通ってさらに専用エレベーターを乗り継ぐ必要があった。だが、通用口のエレベーターに乗ってしまえば時間を稼ぐことはできるだろう。

タイミングよく地下階で停止していたエレベーターに乗り込むと、多賀谷はジャケットの胸ポケットからカードキーをとり出して読み取り機にかざし、扉を閉じるボタンを連打した。そして、扉がぴたりと閉じてエレベーターが上昇し始めたところで、クスッと笑いながら悪態を吐く。

「ふふっ。今ごろ慌てふためいているだろうな」

實森が悔しげに溜息を吐く姿が目に浮かぶようだ。實森がエレベーターを待っている間に専用エレベーターへ乗り継げば、とりあえず一旦は逃れられる。

そのとき、エントランスフロアへの到着を告げるベルの音が鳴った。

多賀谷は扉が開くと同時に駆け出そうと身構える。

眼前の扉がゆっくり開いたかと思うと、仁王立ちした實森が多賀谷を出迎えた。

「な、んで……っ」

「非常階段の存在をお忘れだったようですね」

多賀谷のあとを追って、階段を駆け上がってきたというのだろうか。そのわりには息も乱れていないし、形のいい額に汗が滲《にじ》んでもいない。右手に自分と多賀谷のバッグを、左手に子ネコの入ったボストンバッグを持って、實森は涼しい顔をしている。

「いい加減、悪足掻《わるあが》きなんてやめたらどうです」

「……えっ」

言いながら静かに近づいてきたかと思うと、突然、多賀谷の視界から實森の姿が消えた。

直後、腰にタックルをかけられ、實森が目の前でしゃがんだのだと理解したが、もうあとの祭り。多賀谷はあっという間に實森の肩に担ぎ上げられてしまっていた。

「お、下ろせ……っ」

まさかふたたび荷物扱いされるとは思っていなかった。多賀谷は動揺しつつ、實森の背中や脇腹をバンバンと叩《たた》いたり脚をバタつかせて抵抗する。

しかし、實森はまるでびくともしない。そればかりか、多賀谷を肩に担いだまま片手でバッグをまとめて持つと、悠然とエントランスの奥に向かって歩き出す。

成人男性一人と荷物を軽々と運ぶ實森に、多賀谷は力の差をまざまざと見せつけられたような想いがした。無駄に暴れたところで、實森は痛くも痒くもないのだろう。

「おい。逃げないから早く下ろせ」

マンションに常駐しているコンシェルジュやほかの住民に、こんなみっともない姿を見られたらと思うと冷汗が滲んでくるようだ。

「さっき逃げ出そうとした人の言葉を、信じると思いますか？」

實森が余裕を感じさせる声できっぱりと告げる。

「このまま、最上階のお部屋までエスコートさせていただきます」

實森の歩くリズムに合わせて、視界の端で明るい髪が揺れていた。

「冗談じゃない。こんな格好を人目に晒せと言うのか？」

そのとき、多賀谷の耳にコンシェルジュの声が飛び込んできた。

「お帰りなさいませ。多賀谷さま、實森さま」

多賀谷は咄嗟《とっさ》に、實森の脇腹へ腕をまわしてしがみつき、ジャケットの背中に顔を伏せた。コンシェルジュの声や態度はふだんと変わりないが、實森の肩に米俵のごとく担がれた多賀谷を見てきっと不審に感じているに違いない。

「すみません。手が塞がっているので、エレベーターの扉を開けていただけますか？」

實森がフロントデスクの前で足を止める。

「もしよろしければ台車でお荷物をお運びしましょうか？」

「ありがとうございます。ですが、わたし一人で大丈夫です。エレベーターのお手間だけお願いします」

実森は丁寧にコンシェルジュの申し出を断ると、高層階専用のエレベーターホールに向かった。

多賀谷が暮らすマンションは、どのエレベーターに乗るにもカードキーが必要だった。そのうえ、玄関扉は静脈認証とカードキーの二重ロックになっている。ここまで厳重な警備システムで守られたマンションを選んだのは、過去に熱狂的なファンによるストーカー被害に遭ったことがあるからだ。

コンシェルジュが管理人用カードキーで開けてくれたエレベーターに乗り込むと、ようやく實森が多賀谷を肩から下ろしてくれた。

「頭に血が上って気分が悪くなっていませんか？　ああ、少し顔が赤くなっていますね」

實森が心配そうに顔を覗き込んでくるが、多賀谷は無言でそっぽを向く。

――お前のせいだろう。

そう言ってやりたかったが、心身ともにすっかり疲弊して、そんな気力は欠片も残っていない。狭い箱の中、いたたまれない気持ちで沈黙に耐えていた。

やがて最上階に着くとエレベーターの扉が開き、ホテルのエントランスホールを思わせる広い空間が現れる。多賀谷はこの最上階ワンフロアに一人で暮らしていた。

壁や柱、天井は深みのある茶褐色と淡いアイボリーで統一され、床には落ち着いた鳶色《とびいろ》のカーペットが敷かれている。計算されたかのごとく配置された数種類の観葉植物がホールのアクセントになっていた。ホールの左側にはアンティーク調の応接セットが置かれていて、傍らにはガラス製のスタンドライトが立っている。来客の待合スペースを想定していたのだろうが、一度も使われずただの調度品と化していた。

その奥に、多賀谷の部屋の玄関があった。中世の城門を思わせる木製の両開き扉には大きな鋲《びょう》が打たれ、片側には覗き窓が設えられている。

マンションの玄関とは思えない大きな扉の前で實森が軽く会釈をした。

「すぐに鍵を開けますのでお待ちください」

扉の右脇にとりつけられた、カードキーの差込口と認証システム装置に歩み寄る。

――どうせ、認証登録も終わらせているに違いない。

はたして、多賀谷の予想どおり、實森は流れるような手つきで玄関の鍵を開けた。

「お疲れ様でした。どうぞ」

――何が、どうぞ……だ。俺の家だぞ。

恭しく頭を垂れる實森を一瞥すると、多賀谷は足早に仕事部屋へ向かったのだった。

「担当編集兼マネージャーで、種なしの執事だと？　あんな奴といっしょに住むとか……無理に決まってるだろ！」

仕事部屋の扉を閉じるなり、後ろ手に鍵をかけて独りごちる。

人前ではけっして感情をあらわにしない多賀谷だったが、一人きりになるとこうして声を荒らげ、憤りを爆発させることがあった。

「これじゃあ、騙《だま》し討ちじゃないか」

ジャケットを脱ぎながらぼそりと零す。

作家デビューと同時にティエラプロモーションと契約して約九年、品行方正とはいえない私生活を送ってきた自覚はある。だが、それを許してきたのは事務所や出版社だ。多賀谷が問題を起こしても、注意することもなく仕事を絶えず入れ続けたのだ。

それなのに事前連絡もなく突然、契約破棄だの賠償請求だの、身勝手にもほどがある。

脱いだジャケットを仮眠用の簡易ベッドの上に放り投げ、作業用の椅子に腰かけた。

「だいたい……なんなんだ、アイツ」

突然現れた實森の顔を思い出すと、それだけでイライラする。

『残念ながら、先生に拒否権はありません』

売れっ子である多賀谷におもねるばかりだったマネージャーや編集者たちと、實森は明らかに違っていた。いかにもアルファといった佇まいで余裕の笑みまでたたえ、多賀谷を前にしても怯《ひる》む様子がまったくない。多賀谷の更生や監視を任されたことを考えればそれなりに優秀なのだろう。

しかし、アルファである實森がどうしてただの編集という立ち位置に甘んじているのか、多賀谷には理解できない。

ましてや……。

『抑制処置を受けているので……』

多賀谷が何より驚いたのは、實森の告白だ。

アルファは生まれながらにして、世界の頂点に君臨できる唯一の性だ。頭脳に優れ、容姿に恵まれ、苦労せずとも富を手にすることができる。

その特権ともいえるアルファ性を自らすすんで手放すなど信じられないことだった。

「頭がおかしいとしか思えない」

アルファの人間はもちろん、世界中の誰もが多賀谷と同じように實森の行動を不思議がり、そして不気味に思うだろう。

いや、それよりも、アルファ性にまるで意義を感じていないような態度からは、得体の知れぬ恐怖さえ感じる。

「どう考えても、あんな奴といっしょに暮らせるわけがないだろ」

激しい疲労がどっと押し寄せ、重い溜息を吐く。

アルファ男性の見本みたいに大きくて逞しい身体。彫りの深い整った顔立ち。甘く掠《かす》れたスモーキーボイス、余裕のある微笑み——どれをとっても、實森は多賀谷が抱く理想のアルファそのものだ。

小柄で薄っぺらい筋肉しかつかない自分と比較してしまい、不覚にも嫉妬を覚える。

――いや、元アルファか……。

アルファであることは、多賀谷にとってアイデンティティそのものだ。アルファでなければ、生きている価値がないとさえ思っている。

「もしかして……何かよっぽどのことがあった、とか？」

實森の怜悧な横顔が頭に浮かんだ瞬間、多賀谷はハッとして両頬を軽く叩いた。

「あんな奴の事情なんか、俺の知ったことか……」

胃の奥にざわざわとした不快感がせり上がってくるのを感じ、多賀谷は座面の上で膝を抱えた。膝に顔を突っ伏して小さく身体を丸め、感情の揺れが収まるのを待つ。

『アルファたるもの、人前で感情をあらわにすることは弱みを見せるのと同じことよ』

幼いころから何度も言い聞かされてきた言葉が、頭の中に繰り返し響く。

もともと表情が乏しい性質で、派手に声を荒らげて怒鳴ったり、腹を抱えて笑ったことなどなかった。どんな状況にあっても、心はつねに冷静でいることがアルファとして当然だと躾けられてきたからだ。文壇の氷華などと呼ばれるのも、多賀谷があまり表情を変えないところからきているのだろう。

それなのに、今日は異様なくらい感情が昂《たか》ぶってどうしようもない。

「まさか、あんな種なし野郎が、怖いのか……」

抑制処置を受けたといっても、實森がアルファとして育ったことに変わりはない。性格や価値観が一変するわけではないのだ。

けれど、万が一――。

不安が胸に広がるのを感じた多賀谷は、慌ただしい手つきで机の引き出しを開けた。そして、奥に手を伸ばして小さなピルケースをとり出す。中にはサーモンピンクのタブレットが入っていた。

「……念のため、だ」

自分に言い聞かせるように言って、一粒口に放り込む。項に貼る保護シートも、そろそろ買っておいた方がいいだろう。

舌の下でゆっくり融けるのを待ちながら、多賀谷はいっそう強く膝を抱えた。そうしないと、自分が自分ではなくなってしまいそうな気がしたからだ。

口の中に苦みが広がっていくのを感じていると、どうしようもなく惨めな気分になる。

「どうして、ヒートなんか……」

いつまでも消えない口内の苦みは「ヒート」と呼ばれるオメガの発情期を抑える薬によるものだ。

多賀谷虹は、オメガだ。

この真実を知る者は、多賀谷の母と、そして遠い異国にいる父とその一族だけだ。

多賀谷は幼いころから、母にアルファとして育てられた。美しく、優秀な多賀谷を、周囲はアルファだと信じて疑わなかったのだ。

しかし――。

オメガは思春期を迎えると、ふだんからアルファにだけわかる微量のフェロモンを発するようになる。

発情期の訪れとフェロモン特有の匂いを抑えるためだろう。多賀谷はオメガだと判明したころから、母の手によって抑制剤を与えられてきた。

その甲斐《かい》あってか、多賀谷にはじめて発情期が訪れたのは、平均よりはるかに遅い高校卒業後、作家として生きていくために上京してすぐのことだった。どんなに抑制剤を飲んでも、自慰を繰り返して劣情を散らしても、身体が激しくアルファを欲して昂ぶり、濃厚なフェロモンを放った。

――あのときは、パニックになったな……。

五日間、発情に苦しんだ多賀谷は、自分が発情期にだけフェロモン過多を起こすのではないかと考えた。その後、ふだんはフェロモンの匂いがほぼしないことや、適度に性欲を処理することで、発情期を軽くすることができる体質だという確信を得たのだ。

当時、すでに売れっ子の名を欲しいままにしていた多賀谷は、すぐに出版社にかけ合って、このマンションへ住居を移したのだった。

以来、発情期間中は修羅場と称し、一切の連絡を遮断して引きこもることにしていた。

さらには万が一に備えて、発情期でなくても項に保護シートを貼ってすごしている。保護シートと皮膚との一体化効果は十数日から一か月弱と限られるため、定期的に貼り替える必要があった。数年前までは病院で処置してもらうものだったが、現在はやや高価ながらも、手軽に自分で貼れるシートが開発されて重宝されていた。

しかし、完璧にアルファを演じたところで、約三か月おきに訪れる発情期によって、自分はオメガなのだと思い知らされる。

「俺は、アルファだ」

脳裏に、虚ろな眼差しで多賀谷を見つめる、母の姿が浮かんだ。

「だから……あんな奴、どうってことはないはずだろ」

アルファとして生きてきて、ここまで他人の存在に不安を覚えたことはなかった。

作家としてデビューしてからはとくに、自分より身体が大きく生まれながらにして社会的立場も強いアルファにも対等——いや、優位に相対してきたつもりだ。

誰にも支配されず、アルファらしく生きている——。

そんな多賀谷の矜持を、アルファ性を捨てた實森に見下されたような気がしてならない。

「駄目だ……。やっぱりアイツだけは、絶対にダメだ」

百歩、いや一万歩譲ってティエラプロと二谷書房からの更生に向けた案を受け入れるとしても、實森との同居だけは納得できない。

本当に二十四時間の監視生活が続くとしたら苦痛でしかない。

もうずっと、多賀谷は自由を謳歌してきた。好きなものだけに囲まれ、好きなときに眠り、気の向くままに人と肌を合わせ、書きたいように小説を書きまくってきた。

このマンションもそうだ。

誰にも邪魔されない、自分だけの城——。

ここでなら、ただあるがままの自分でいられる——。

「やっと、手に入れたんだ。あんな奴にグチャグチャにされて堪るか」

一か月もすれば、忌まわしい発情期がやってくる。たとえ抑制処置を受けた實森でも、同居していれば発情に気づくだろう。

何がなんでも、多賀谷は實森を遠ざけたかった。

「一日でも早く、アイツを追い出さないと……」

そうしないと、これまで懸命に積み重ねてきたものが、すべて水の泡となってしまいそうな予感がした。

万が一、偽物のアルファだとバレたら、契約を打ち切られるより恐ろしい未来が待ちうけているだろう。

背中に嫌な汗が伝う。

いつの間にか、口内の苦みが消えていた。

多賀谷はゆっくり顔を上げると、ありとあらゆる感情を表情から打ち消した。

平静を装うことには、慣れている。呼吸はもちろん、心拍数すらも操ることができるようになった。

「……大丈夫。俺は、アルファだ」

もう一度、魔法でもかけるかのように呟くと、多賀谷はゆっくり深呼吸をしたのだった。

【二】


己を落ち着かせようと、執筆作業に集中していた多賀谷だったが、不意に空腹を覚えてキーボードを叩く手を止めた。思えば、昼前にテレビ局で弁当を食べたきりで、水分もほとんどとっていない。

帰宅して一時間ばかりがすぎているが、實森はどうしているのだろう。顔も見たくないと思いながらも、黙って放っておかれるとかえって気になる。

そのとき、胃がクウクウと音を立てて騒いだ。

「仕方ないな」

溜息とともに呟いて、ゆっくり椅子から立ち上がった。そして、様子を窺いつつ部屋の扉を開ける。

次の瞬間、多賀谷の鼻腔《びこう》をなんともいえない甘い香りがくすぐった。

『執事と家政夫も兼ねると思ってくださって結構です』

クンクンと鼻を鳴らしながら、實森の言葉をふと思い出す。

「アイツ、料理なんかできるのか？」

好奇心と甘い匂いに引き寄せられるようにしてダイニングへ向かうと、幾何学模様に区切られたガラス扉からそうっと中を覗き込む。

するとキッチンに立つ實森の姿が見えた。ジャケットを脱いでシャツの袖を捲《まく》り上げ、黒いエプロンを着けている。

――何を作っているんだ？

顔をガラスに近づけて目を凝らすが、アイランド型のキッチンカウンターが邪魔をして肝心の手許が見えない。そうこうする間も、多賀谷の腹の虫はしきりに鳴き声をあげる。

實森は楽しそうに笑みを浮かべながら手を動かしていた。

無邪気で穏やかな笑顔は、多賀谷に向ける冷たい微笑みとはまるで違う。

「あんな顔もできるのか」

ボソッと呟いたとき、扉越しに實森と目が合った。

「先生？」

途端に實森の顔から笑みが消え、手を止めてカウンターから出てくる。

「丁度よかった。小腹が空くころかと思って、お茶の用意をしていたんです」

扉が開いたことで、中の甘い香りが津波のように多賀谷を襲った。

――なんて、匂いだ。

實森の肩越しにキッチンへ目を向けつつ、しきりに匂いを吸い込む。鼻腔を満たす芳香に、多賀谷はうっとりして目を閉じた。

「甘いものは苦手と伺っていますが、お茶といっしょにいかがですか？」

多賀谷についての情報は押さえているらしい。雑誌のインタビューで甘いものが苦手と答えたことがあった。

「お店や本式のようにはできませんが、アフタヌーンティーセットをご用意しました」

「アフタヌーン……ティー？」

思いがけない単語を耳にして、多賀谷はハッと我に返る。

甘いものが苦手というのは、まったくの嘘だ。本当は甘いものに目がなくて、定期的に全国の銘菓や話題のスイーツをとり寄せるほどの甘党だった。

アルファ作家多賀谷虹のクールなイメージを損なう気がして、甘党であることを隠していたのだ。

「さあ、こちらへどうぞ」

實森に促され、多賀谷はおずおずとダイニングルームに足を踏み入れた。

すると、無駄に大きなダイニングテーブルの上に、シルバーのティースタンドが置かれているのが見えた。三段のスタンドには、様々なケーキや料理、サンドイッチが盛りつけられている。隣には焼きたてらしいスコーンが盛られた籐《とう》の籠が置いてあった。

多賀谷が大きな窓を背にして椅子に座ると、實森はいそいそとキッチンへ戻っていく。

多賀谷はしげしげと目の前のティースタンドを眺めた。

「これ……全部、お前が作ったのか？」

自宅でアフタヌーンティーが楽しめると思っていなかった多賀谷は、驚きに目を瞠《みは》る。

「はい。先生のお身体と好みを考えて、甘さは控えめにしています」

そこへ、實森がティーポットを手に戻ってきた。いつの間にかエプロンを外し、きちんとジャケットを着て、白い手袋まで着けている。

慣れた仕草で紅茶をティーカップに注ぐ姿は、本物の執事と見紛うほどだ。

「どうぞ」

やわらかな湯気を立ち上らせる紅茶をすすめられ、多賀谷は一瞬、躊躇《ちゅうちょ》する。砂糖を入れたいが、甘党を隠している立場から手を伸ばせない。

「こんな食器、うちにあったんだな」

自炊などしたことがなかったため、多賀谷は自宅にどんな食器があるのかほとんど知らない。洒落《しゃれ》たケーキスタンドや紫陽花が描かれた美しいティーセットなんて、今まで見たことがなかった。

「違います。朝、先生が収録に出かけられたあと、わたしの荷物といっしょに運び込んだんです。あ、わたしの部屋ですが、勝手ながら客間を使わせていただくことにしました」

下段のサンドイッチを皿に取り分け、一口サイズにナイフでカットしながら實森が淡々と答える。

「え？」

美しい所作に見入っていた多賀谷は、耳を疑う台詞に顔を上げた。

「テレビ局にお迎えにいく前に、仕込みを済ませておいたんです」

「俺の留守中にか?」

しれっとした顔で答える實森を、多賀谷は思わず睨んだ。

「そんなことより、せっかく先生のために腕によりをかけて作ったんです。早く召し上がってみてください」

よほど自信があるのだろう。實森はサンドイッチを多賀谷の前に差し出した。

「こちらはスモークサーモンとブラックオリーブ、もう一つはキューカンバーサンドです」

彩りも鮮やかなサンドイッチを前にした途端、多賀谷の腹の虫が大合唱を始める。

——これ以上、空腹に抗うのは無理だ。

多賀谷は口内に溢《あふ》れた唾液をゴクリと嚥下《えんげ》すると、フォークを手にしてスモークサーモンのサンドイッチを口に運んだ。

パンに薄く塗られたクリームチーズソースの酸味が鼻に抜けたか思うと、サーモンの燻《くん》香《こう》とオリーブの濃厚な風味がじわりと口の中に広がる。

「……う」

美味い……と言いかけて、慌てて奥歯を噛《か》み締めた。

——本当に、コイツが作ったのか？

多賀谷は続けてキューカンバーのサンドイッチを頬張りながら、ちらりと實森の表情を窺い見た。實森は少し離れたところで立ったまま、淡い微笑をたたえてこちらの様子を見守っている。ナプキンを手に佇む姿は、何も知らない人が見たら正真正銘の執事だと思うだろう。

「お口に合ったようで何よりです」

多賀谷がとり分けられたサンドイッチをすべて平らげると、實森は満足げに目を細めた。

「まあまあ、だな」

ナプキンで口許を拭いながら、ちらりとティースタンドの二段目へ目を向ける。

すると、すかさず實森がテーブルに近づいて、小さなココットに盛られたグラタンらしき料理と、若葉をかたどった小皿に盛られたローストビーフをとり分けてくれた。

「こちらは鮑《あわび》のコキールと、赤牛のローストビーフです」

實森は淡々と説明しながら、器用にローストビーフを切り分けてソースをかける。

「ローストビーフはベリーとバルサミコ酢のソースでどうぞ」

魅惑的な赤身肉と照りのある濃厚そうなソースのコラボレーションに、多賀谷は食欲をいっそうそそられる。

「実はこのソース、以前伺ったお店のレシピを教えていただいたものなんです」

聞いてもいないのに實森が話し出す。

「休みの日にはよく、気になるホテルやお店のアフタヌーンティーを食べにいくんです。そして、気に入った料理やお菓子があれば、自分で再現するのが趣味なんですよ」

多賀谷は聞くとはなしに聞きながら、ローストビーフとコキールをあっという間に胃の中へ収めた。それぐらい、實森の料理は美味しかった。

けれど、素直に喜んでみせるのは癪な気がする。

――絶対、美味いなんて言ってやるものか。

意地になりつつ、多賀谷は籠に入ったスコーンに手を伸ばそうとした。

「おとりしますよ」

すると、すかさず實森がトングでスコーンをとり皿にのせてくれる。クロテッドクリームとベリージャムまで添えてくれる気の遣いように、多賀谷はつい、實森が担当編集兼マネージャーだということを忘れてしまいそうになる。

スコーンを手にすると、触れただけでサクサクの食感が想像できた。ほのかなバターの香りに期待値が膨らむ。ゆっくりと手で割ってみると、見事に上下に分かれた。上半分を皿に戻し、クロテッドクリームを下半分にたっぷり塗って躊躇なく口に運ぶ。

「んっ！」

サクッとした外側の食感と、クリームの爽やかでありながら濃厚なミルクの香り、そしてスコーンの中心部のふんわりとして歯切れのいい感覚が立て続けにやってくる。

「うま……」

美味いと言いかけたのを誤魔化すように、多賀谷はようやくティーカップに手を伸ばした。少し冷めてしまった紅茶で喉を潤し、残ったスコーンを頬張る。

實森のスコーンはこれまで食べてきた中で一番、美味しいと思った。クロテッドクリームが信じられないくらい口に合う。

——これなら、毎日食べてもいいな。

そう思いつつ、籠に残ったスコーンを全部平らげてしまった。

「よほどお気に召したようですね」

籠を下げながら實森が言うのに、多賀谷は紅茶を飲みつつ平然と否定する。

「腹が減っていただけだ」

實森はそんな多賀谷に何も言わず、紅茶のおかわりを注いでくれる。

残った一段目には、二種類のケーキと上生菓子が盛られていた。

「プリンスメロンのタルト、苺《いちご》のショートケーキ、そして花菖蒲《はなしょうぶ》の上生菓子です」

「和菓子も作るのか?」

「さすがに、まだここまでのものは作れないので、よく立ち寄る和菓子店で買い求めた五月の生菓子です」

ということは、二種類のケーキは實森が作ったことになる。

アルファには特別な技能に秀でた者も多いが、ここまでなんでもこなすアルファを多賀谷はほかに知らない。

――元、だったな。

新鮮な果物とバターに砂糖の甘み、そして練り切り特有のねっとりとした舌触りを味わいながら、多賀谷はそんなことを思っていた。

ティーセットを片づける實森の隙を衝いて、ミルクと砂糖をティーカップにたっぷり入れる。

「ところで、多賀谷先生」

甘くなった紅茶を堪能していると、不意にキッチンから呼びかけられた。

「なんだ」

一瞬どきっとしたが、實森はシンクに視線を落としていて、多賀谷の行動に気づいていないようだった。

「プロ仕様の素敵なキッチンなのに、まったくといっていいくらい使用感がありませんが、どなたか作ってくれる方はいないんですか？　外食ばかりだとお身体によくないですよ？」

無駄に調理器具が揃っているのは、派遣料理人による本格料理が食べたいという、入居当時の多賀谷の我儘《わがまま》によるものだ。しかし、実際は外で食事を済ませてばかりで、コーヒーメーカーぐらいしか使っていない。

「余計なお世話だ」

「あれだけの浮名を流しておいて、手料理を作ってくれる人もいないなんて……」

實森はまるで親か小姑《こじゅうと》のような小言を漏らす。

「それに、その部屋着……」

あらかた片づけが終わったのか、實森がキッチンから戻ってくる。

「いくら自宅だからといっても、ヨレヨレになるまで着古したスウェットの上下はいかがかと思います」

帰宅後、仕事部屋に逃げ込んだ多賀谷は、細身のスーツから愛用のスウェットに着替えていた。

「それこそ、余計なお世話だ。家でどんな格好をしようが俺の勝手だろう」

アルファたらんとするあまり、多賀谷は過剰なまでに自身をアルファっぽく演出した。外出時はメジャーブランドのスーツスタイルがほとんどで、髪は人気ヘアサロンできっちり整える。食事は星付きのレストランでしかとらないと決めていた。アルファらしくあるために自宅の一室をジムに改装して身体作りに励んだりと、それなりに努力してきた。

しかし、それはあくまで外面を……アルファの矜持を保つためのものだ。

家では窮屈な服なんか着ないし、コーディネートにもこだわらない。楽で着心地のいいスウェットを何着も買い込み、生地が擦り切れるまで着たおす。外出予定がなければ、髪は洗いざらしのボサボサだし、修羅場が続くと数日風呂に入らなくても平気だった。食べるものは口に入って栄養がそれなりにとれればいいと思っている。

つまり、自宅での多賀谷はまったくアルファらしくない、ただのだらしない男なのだ。

「まあ、自宅ではリラックスしていただいて構いませんが、そのヨレヨレのスウェットはもう捨てましょう」

實森に蔑むような目を向けられて、多賀谷はスウェットの袖をそっと見やった。言われてみればあちこち毛玉だらけだ。袖口の生地も伸びきっている。それに、五月になって随分と暑くなってきたし、衣替えしてもいいような気がした。

そのとき、椅子に腰かけた多賀谷の足に、何かやわらかいものが触れた。

「ん？」

身体を捻ってダイニングテーブルの下を覗き込むと、テレビ局から連れ帰った子ネコが、多賀谷の足にじゃれつくのが目に入った。

「う、わ」

驚きに、上擦った声を漏らして、多賀谷は咄嗟に両足を床から浮かせた。

「どうかされましたか？」

實森の問いかけに、縋《すが》るような目で訴える。

「ネコが……」

まさかこんなところに子ネコがいるなんて、欠片も想像していなかった。

「ああ、さっきまでリビングで遊んでいたんですよ」

言いながら、實森がふわりと穏やかな笑みを浮かべる。

「いつの間にかこちらにきていたのですね」

實森は床に膝をつくと、ダイニングテーブルの下に潜り込むようにして子ネコを呼んだ。

「ほら、こっちにおいで」

多賀谷は椅子に座ったまま、どきどきしながら様子を見守る。

子ネコはよほど多賀谷の足——たるんだスウェットパンツの裾で遊ぶのが気に入ったらしい。ピョンピョン跳ねては、浮かせた足に飛びかかってくる。

「おい、どうにかしろ」

誤って蹴飛ばしてしまわないかと、多賀谷は気が気でなかった。動物と触れ合った経験がないせいで、どうすればいいのかわからない。今日の番組収録でも、子ネコを前に固まってしまい、結局、スタッフ——例のアシスタントディレクターが膝にのせてくれたのだ。

すると、手招きするだけでは埒《らち》が明かないと察したのか、實森が胸ポケットから白いハンカチをとり出し、子ネコの視界でゆらゆらと揺らし始めた。

「ほら、おいで。先生が怖がっているから、こっちで遊びましょう」

「怖いわけじゃない。扱い方がわからないだけだ」

言いがかりともとれる言葉に慌てて言い返す。多賀谷からは陰になって見えないが、實森が意地の悪い笑みを浮かべる様子が目に浮かぶようだ。

悔しさに唇を嚙み締める多賀谷の気持ちをよそに、子ネコはすぐさま實森のハンカチに意識を向けた。長い鈎《かぎ》しっぽをピンと立て、前脚でハンカチを捕まえようと躍起になる。

小さくてふわふわした毛玉みたいな生きものが、鞠《まり》のように飛んだり跳ねたり、ときどき勢いあまって転がる姿を、多賀谷はいつしか夢中になって眺めていた。

「そう、いい子だ。こっちだよ」

實森は器用にハンカチで子ネコを誘導していった。そうして、近づいてきたところで、ハンカチを子ネコに与えると同時に、手を伸ばして優しく捕まえた。

子ネコはしばらく四肢をジタバタさせていたが、實森がハンカチごと胸に抱くと、安心したようにおとなしくなる。

「しかし、こんな小さな子を怖がっていては、企画の先行きが心配です」

子ネコの背を大きな手でゆっくり撫でながら、實森が聞こえよがしに呟いた。

「企画のメインとなるのは先生と子ネコの触れ合いを観察するというものです。いつまでも避けているようでは困ります」

今回の企画は今日収録した番組の特番用スペシャル企画で、有名人と子ネコの触れ合いを一定期間定点カメラで観察するというものだった。

「俺は企画に参加すると言った覚えはない」

飼ったこともない子ネコとの生活を撮影され、見世物にされるだなんて、多賀谷には到底受け入れられる仕事ではなかった。

「ですが先生、番組の企画に関する契約書にサインされましたよね」

「……え？」

「前任のマネージャーさんから契約書が提出されています。控えもありますよ」

言われて、多賀谷は今朝の出来事を思い出した。

「あ……」

マネージャーからとくに問題のある企画ではないと聞いて、何も考えずサインした自分を恨んでももう遅い。

「契約書にきちんと目をとおさないから、こういうことになるんです」

前任者からそのときの様子を聞いていたのだろう。實森の皮肉に多賀谷は言い返すことができなかった。

「だが、芸能人でもない作家の俺が、プライベートを晒す意味がどこにある？」

すると、實森は多賀谷に見せつけるようにして、子ネコに頬擦りしながら答えた。

「アルファの超売れっ子作家・多賀谷虹の日常を垣間見ることができるとなれば、先生が思う以上の人々が興味を抱くに決まっています。視聴率も充分とれるに違いありません」

実森は子ネコのふかふかの毛皮に頬を埋め、上目遣いに視線を寄越す。

「はぁ？　冗談じゃない」

多賀谷は思いきり不満を表してみせるが、内心、實森を羨ましく思っていた。子ネコを膝に抱くだけでいっぱいいっぱいだった自分と比べ、まるでずっと前からそばにいるように接する姿に、憧れに似た感情すら抱く。

多賀谷はけっして、子ネコや動物が苦手なわけではない。本当に、接し方がわからないだけなのだ。

「そんなことを言いながら……」

實森がゆっくりと多賀谷に近づいてくる。

「本当は嬉しくて仕方ないのでは？」

椅子の右側に立つと、子ネコを多賀谷の前に差し出して意味深に微笑んだ。

「収録でこの子を膝に抱いている間、終始デレデレされていたように見えましたが？」

「でっ、デレデレなんかしてないっ！」

見事に図星を指されてしまい、声がみっともなく上擦ってしまう。

すると、實森が少し驚いたように目を瞬かせた。

「先生でも、そんな顔をされるのですね」

一瞬、多賀谷は何を言われたのか理解できなかった。

だが、熱くなった頬とさっきの掠れた声を自覚して、感情が顔に出ていたのだと覚る。

「氷の華という喩えも悪くありませんが、そういう面をもっと出されるといいのに」

實森の声がこれまでと違ってどことなく優しく聞こえるのは気のせいだろうか。

「何が言いたいのか知らないが、俺がどんな顔でいようが放っておいてくれ」

『人前で感情をあらわにすることは弱みを見せるのと同じこと』

よりによって實森に表情の変化を指摘されて、多賀谷はやり場のない苛立ちに襲われた。

心に能面を被せるように、多賀谷は表情を強張らせてそっぽを向く。

「とにかく――」

實森の低く抑揚のない声が、落胆によるものだと多賀谷はすぐに気づいた。けれど、感情を表に出せと言われたところで、そう容易く変われるはずがないし、その気もない。

「スポンサーの強い意向もあって、今さら企画を断ることは不可能です。事務所としてもふだん本を読まない層に向けて、多賀谷虹の認知度を高めるいい機会だということで企画を受け入れた次第です」

すっかりあたたかみの消えた声で實森が告げる。

所詮、實森も企業に属する人間にすぎないと、多賀谷は再認識した。

「結局は、金か」

「そうですね」

わかっていたはずなのに、一瞬の迷いもなく断言されると、何故か虚しさが胸をよぎる。

「言葉は悪いですが、我々にとって先生は金儲《かねもう》けの道具、金の卵を産む鶏です」

「はっきり言ってくれる」

こうまで包み隠さず言われるといっそ清々しさを覚える。實森の視線から逃れるように俯《うつむ》くと、多賀谷は自虐的な笑みに顔を歪《ゆが》めた。

「ですが、多賀谷虹を守りたいという想いが、ティエラプロや弊社、そしてわたしの胸にはあるんです」

思いがけない言葉に顔を上げると、子ネコをそっと胸に押しつけられた。

「この子のこと、可愛らしいと思っているのでしょう？」

左手をとられ、子ネコの小さな身体を支えろと實森が目で訴える。

一瞬、躊躇《ためら》いを覚えたが、子ネコの大きな丸い瞳に見上げられると、もう駄目だった。

「本当に、どう扱えばいいのかわからないし、お前だけじゃなくカメラにまで監視されるのは納得できない」

恐る恐る子ネコの身体を抱きながら、一番胸に引っかかっていることを打ち明ける。動物が苦手だった母の存在もあって、ずっと距離をおいてすごしてきた。けれど本当は、幼いころから動物に触れたいという好奇心があった。クラスで飼育係をやってみたかったし、一人暮らしを始めたとき、ひそかにイヌやネコのブリーダーを調べたこともある。

「動物が心底苦手だというわけではないんですよね。だったら、きっと大丈夫です」

いったい、その自信はどこからくるのだろうと思いつつ、多賀谷は手の中の子ネコをじっと見つめた。

「それに先生、本気で嫌がっていませんよね？　さっきからずっと、緊張感のないだらしない顔をされていますから」

もうすっかり、實森には子ネコに触れたいという想いを見透かされている。

だが、わかっていても、見栄と天邪鬼な性格が邪魔をして素直に認められない。

「それはお前だろ。それこそ情けない猫撫で声で、コイツの気を引いていたくせに」

手の中で「みゃうみゃう」と鳴いて何かを訴える子ネコに困惑しながら、多賀谷は早口で捲し立てる。

「企画が台なしになろうが、俺の知ったことじゃない」

動物相手に四苦八苦する姿を撮影されるのは、アルファとしてのプライドが許さない。

「俺は絶対に面倒なんかみない。お前が責任もってコイツのこと――」

そこまで言って、はたと気づく。

今の言い方だと、受けとりようによっては同居を認めたことになりはしないだろうか。

はっとして實森の反応を窺うと、案の定、あの意地悪な微笑みを浮かべていた。

「わかりました。とりあえずこの子は、わたしが責任をもって先生のご自宅で世話をする

――ということでよろしいですね」

してやったりといったふうに言って、多賀谷に向かって深々と頭を下げる。

こうなってしまっては、前言撤回《ぜんげんてつかい》が難しいことは多賀谷にもはっきりわかった。

「……勝手にしろ」

「承知しました。子ネコに罪はありませんし、その様子では、先生に世話を任せても、かえって危なっかしいですからね」

馬鹿にするような言い方にカチンとくる。けれど同時に、實森の言うとおりだとも思った。人に世話をされたことはあっても、誰かの世話をしたことなんてこれまでの人生で一度もなかったからだ。

――俺が手を出して、コイツに何かあったら……。

触れ合いたい願望と不安を秤《はかり》にかければ、どうすればいいのか自ずと答えは出る。

そのとき、上手く抱けなくて居心地が悪いのか、子ネコがもぞもぞと多賀谷の手の中で暴れ始めた。

「痛ッ……」

次の瞬間、多賀谷は左手の甲に鋭い痛みを覚えた。

「あ……っ！」

小さく声をあげるとともに、思わず子ネコを手放してしまう。

床に落としてしまったと思ったが、子ネコは多賀谷の膝の上に転がると、そのまま自ら床に飛び下り、一目散にリビングルームに向かって逃げていった。

「大丈夫ですか、先生。傷を診せてください。化膿《かのう》すると大変です」

多賀谷の左手をとって傷を観察する實森の顔からは、さっきまでの思わせぶりな微笑みが消えている。わずかに眉間に皺を寄せて、まるで本当に心配しているように映った。

「待っていてください。今、救急セットを持ってきますから」

そう言うと、實森は足早にダイニングルームから廊下に出ていった。

子ネコはどこへ隠れたのか、姿が見あたらない。

「……何をやってるんだ、俺は」

無意識に呟いて、苦笑を浮かべる。多賀谷の白い甲に、二センチ程度の赤い線が浮かんでいた。皮膚の一部が盛り上がって、ヒリヒリとした痛みを感じる。

「お待たせしました。先生、こちらへ移っていただけますか」

救急バッグを手に戻ってきた實森が多賀谷をリビングルームに促す。

言われるままリビングルームに向かうと、ダークブラウンのコーナーカウチに腰を下ろした。革張りの座面が体重で軋《きし》み、その音が多賀谷の心を苛立たせる。

「手をこちらに」

實森はガラスのローテーブルに救急バッグを置くと、多賀谷の正面に膝をついた。そして、手袋を外して傷の手当てを始める。

「医者の真似事までできるんだな」

「これぐらいの手当ては、誰にだってできますよ」

謙遜か、それとも皮肉だろうか。實森は消毒液で丁寧に傷を洗った。

「痛いだのなんだの、子ネコに文句を言ったり大騒ぎするかと思っていたんですが……」

「この程度のことで騒ぐわけがない。それに、お前が言ったんだ。……アイツに罪はないって……」

すると、實森が少し垂れた目を丸くしてこちらを見上げてきた。

「案外、お優しいところもあるんですね」

思いがけず褒められて、多賀谷はどう反応していいのかわからず、ふいとそっぽを向く。

實森はそれ以上、何も話しかけずに手当てを続けた。

長くて節のない實森の大きな手が、青白く血管が透けて見える薄っぺらい自分の手に触れる様を、多賀谷は不思議な気持ちで見下ろす。

欲求不満を解消するためだけのセックス以外で、人の手に触れられるのはいったいいつぶりだろうか。

手際よく手当てを進める實森に内心で感心しつつ、多賀谷はふと思い浮かんだ疑問を投げかけた。

「お前、そもそも編集なんだろ?」

「はい。二谷書房に入社後、児童書やファッション誌に携わってきましたが、もともとは文芸部志望です」

多賀谷の傷に優しく軟膏を塗りながら、上目遣いに見つめてくる。

「手当てをしている間、少しお話をしてもよろしいですか?」

ふだんの多賀谷なら、きっと聞く耳をもたなかっただろう。

しかし、子ネコのふわふわした毛並みと体温、そして、自分よりあたたかい實森の手に触れたせいか、妙に人恋しい気分になっていた。

「話したければ、勝手に話せばいい」

何より、實森が何を話そうとしているのか、好奇心が頭を擡げる。

「弊社からデビューされた先生のことはよく存じ上げていました。高校在学中にデビューされて以来、文芸作品はもちろん、ライトノベルに時代小説、絵本……アニメの原作まで、何を書いても売れる天才アルファ作家。おまけに目を瞠るほどの美しい容姿ともなれば、周囲の人間が放ってはおかないことも頷けます」

まるで台本を諳《そら》んじるかのように、實森はスラスラと語る。

「白い肌に左目の下の泣き黒子がよく映えて、とても蠱惑《こわく》的かつ魅力的です」

これまで多賀谷を馬鹿にするような態度を何度も見せてきたくせに、急に気持ち悪いほどの褒め言葉を並べたてる。

「先生の瞳、光の具合によって色が変化するのですね。その美しい瞳で見つめられたら、誰だって心を奪われても仕方がないでしょう。写真やテレビなどで拝見するたび、とても魅力的な人だとわたしも思っていましたから」

いったい實森は何が言いたいのだろう。多賀谷の胸の中で、好奇心よりも警戒心が大きく膨らんでいく。

「しかし――」

小さくカットしたガーゼで傷を覆い、テープでしっかり固定すると、實森は両手で多賀谷の手を包み込んだ。そして、漆黒の瞳をまっすぐ向ける。

「だからといって人をもてあそんでいいということにはならない。割り切った関係を求めるなら、きちんと相手のフォローぐらいできて当然ではありませんか。ましてや先生はアルファなのですから、そのあたり、もっと上手にできるはずですよね」

――アルファなのだから……。

實森の言葉が胸に刺さる。

言い返したいのに、どうしてだか喉がひりついて声が出ない。實森の視線から逃れたいのに、思慮深さを思わせる双眸から目をそらせないでいた。

「いつか多賀谷先生とお仕事がごいっしょできたらって思っていましたが、まさかこんな形で先生をサポートすることになるとは……。人生、何が起こるかわからないものです」

實森の態度からは憧れの作家を担当できた喜びは欠片も感じられない。多賀谷のクズップりが原因で、担当になったことが残念でならないのだろう。

「ですが、引き受けたからには、心を込めて先生に尽くすつもりです。編集として先生が執筆に集中できる環境作りにも努めさせていただきますし、マネジメントについてもしっかり勉強してまいりました」

背筋をピンと伸ばすと、實森は多賀谷にきっぱりと言い切った。

「アルファのお前が……尽くす？」

くぐもった声で呟いて實森の手を振り払うと、多賀谷はぎこちない動きで俯いた。

「よく、そんな言葉が口にできるな」

ヒエラルキーの頂点に立つべきアルファの口から出た言葉に、多賀谷は薄く嘲りの笑みを浮かべる。

「抑制処置を受けたと言っていたが、馬鹿じゃないのか？　せっかくアルファに生まれたのに去勢しただと？」

多賀谷はオメガに生まれながら、アルファとして生きなければ存在価値がないかのように育った。そんな多賀谷にとって實森の行動は、アルファとして懸命に生きてきた人生を否定されたような気がしてならない。

「執事の真似事までして人に尽くすなんて、アルファらしくないと思ったが……。そうか。種なしだからか」

言いながら、多賀谷は自分の台詞に辟易する。きっと、實森も呆れ果てているだろう。

数秒の沈黙の後、實森が静かに口を開いた。

「先生は作品の中で『性差や生まれ育ちに優劣はない』と、書かれていましたよね？」

デビュー作の一節を引き合いに出されて、多賀谷は顳顬《こめかみ》を小さく痙攣《けいれん》させた。未熟だったころの作品だが、もっとも思い入れのある自作だ。そのデビュー作を読んで、實森が何を思ったのか想像すると、何故か心臓が冷えるような感覚に襲われる。

あの作品には、誰にも打ち明けられない想いや憧れが込められている。

もし實森が何かを感じとり、偽った多賀谷の姿に違和感を覚えたとしたら――。

限界まで膨れ上がった警戒心が警鐘を鳴らす。

「妄想と現実の区別もつかないのか。あんなものは、夢物語だ」

冷めた眼差しを實森に向けて言い放つと、多賀谷はすっくと立ち上がった。

「同居も、ネコのことも、好きにするといい。だが、これだけは絶対に約束しろ」

跪《ひざまず》いた實森を見下ろし、ともすれば揺らぎそうになる自信を沸き立たせる。

「寝室と仕事部屋には、何があっても入るな」

相手は去勢したアルファだ。そこさえ厳守させれば、しばらくどうにか誤魔化せるだろう。あとは発情期がくる前に、どうやって實森を追い出すか考えればいい。

「承知しました」

實森が跪いたまま、胸に手をあてて頷いた。そして、ゆっくり顔を上げると、凛《りん》とした笑みを浮かべて多賀谷を見つめる。

「誠心誠意、尽くすと言いましたでしょう？　作家と作品は別物。どんなに多賀谷虹本人の人間性がひどくても、わたしは先生の作品を心から愛していますから。約束はきちんと守ります」

目を細めて口角を吊《つ》り上げた表情に、多賀谷の胃がキュッとなった。

抑制処置を受けたといっても、アルファのオーラまでは失われていないのだろう。見下ろしているのはこちらなのに、身の竦《すく》むようなプレッシャーを實森から感じる。

「ですから先生」

フッと、實森がまとった空気の色が変わった。眦《まなじり》を下げてふんわりと微笑むと、主に忠誠を誓う従僕のごとく恭しげな視線を送ってくる。

豹変《ひょうへん》といっていいほどの實森の変化に困惑しつつも、多賀谷はそこから動けずにいた。元とはいえ理想的なアルファに跪かれ、胸が早鐘を打つように高鳴る。

「そんなに警戒しないでください。わたしは……」

そのとき、インターフォンの音が高らかに響き渡り、實森の言葉を遮った。

「誰だ……？」

急に現実に引き戻されたような感覚に戸惑いながら多賀谷は首を傾げる。

「子ネコの飼育に必要なものが届いたんだと思います」

「え？」

實森はリビングルームを出ていくと、すぐに配送会社の人間を引き連れて戻ってきた。

そこに、どこからともなく子ネコが現れ、カウチソファの傍らに置いていたボストンバッグに身を隠すように逃げ込んだ。

「急に人が大勢きて驚いたんでしょう。探す手間が省けてよかったです」

實森はそう言ってバッグの出入口を閉じると、カウチソファの座面にそっと置き、続けて多賀谷に声をかける。

「先生、結構な量の荷物が届いたので、ダイニングに移っていただいてよろしいですか」

追いやられるようにダイニングルームに移動すると、玄関から次々に大小の段ボール箱や梱包材《こんぽう》に包まれた荷物が運び込まれてきた。

「ケージやキャットフード、トイレのセットなどです。費用はすべて番組の経費で賄われるとのことです」

テキパキと指示を出しながら、實森が多賀谷に教えてくれる。

やがて数分後にはすべての荷物が運び込まれ、リビングルームの一角に積み上げられた。

實森は荷物に漏れがないか確認すると、手際よくケージを組み立て始める。

多賀谷は椅子に腰かけ、忙しく動きまわる實森をなんとはなしに眺めた。

「器用な奴」

ボソッと呟いて、きっと幼いころから努力もせず、なんでもできたのだろうと想像する。

みるみるうちにケージを組み立て終えた實森は、続けてキャットタワーの設置にとりかかった。

「にゃあ」

そのとき、實森の背中に呼びかけるかのように、子ネコが鳴き声をあげた。

實森は手を止めずに振り返ると、穏やかに微笑みながら声をかけた。

「そろそろお腹が減る時間でしたね。ですが、もう少しで片づけが終わるので、いい子で待っていてください」

子ネコにまで丁寧な口調で接する實森に、多賀谷は噴き出しそうになる。

子ネコはよほど腹が減っているらしく、「みゃうみゃう」と甘えた声で鳴き続けていた。

小さな身体で懸命に鳴く姿を想像すると、多賀谷もさすがに黙っていられなくなる。

「うるさいから先に餌をやればいいだろう」

するると、實森がこちらを振り向いて返してきた。

「だったら、先生が餌をあげてもらえませんか？」

室内はエアコンが効いて充分に涼しいのに、實森は額に大粒の汗を浮かべていた。おくれ毛が額や頬に貼りついた姿は妙に艶めかしくて、多賀谷は思わずどきっとする。

「……冗談じゃない」

見惚れてしまったことを覚られまいと、多賀谷は慌ててそっぽを向いた。

「俺は面倒をみないと言ったはずだ。だいたい、まだ離乳食かもしれないのに、餌のやり方なんてわかるわけがない」

努めて平静を装いつつ言い返すが、背中に嫌な汗が伝うのがわかった。

「おや、先生？　わたし、餌の説明などしていませんよね？　それなのに離乳食のことをご存じだなんて……さすがですね」

「ネ、ネタを考えていたときに、調べたことがあるだけだ」

言い返すが、實森に疑われているようで気が気でなかった。

「では、近いうちにネコが出てくる作品を書かれる予定があるのですね」

「ああ、もうプロットもできている」

多賀谷は、けっして嘘ではないのだとばかりに告げた。

「先生のおそばで新しい作品を作り出すお手伝いができるなんて、編集者として嬉しい限りです」

実森がわずかに声を弾ませる。

視線をやると、實森が額の汗を手で拭いながら、目を伏せて微笑んでいた。口角をきゅっと上げて、喜びを嚙み締めるかのように笑っている。

仕方がないといったふうでもなければ、嘲笑でもない。

それは、多賀谷がはじめて目にする含みのない笑顔だった。

「わたしも作家さんと暮らすのははじめてなので、いろいろご迷惑をおかけするかもしれません。お互いに気持ちよく生活するためにも、気づいたことはきちんと相談したほうがいいと思うんです。とくに先生は精神的にも負担が大きいでしょう？　だからどんなことでも遠慮なく言ってください」

まるで母親が幼い子供に向けるような、春の日差しを思わせるあたたかくて優しい微笑みから、多賀谷は目が離せずにいた。

「心から先生を支え、尽くしたいと思っています。どうぞ、よろしくお願いいたします」

改めてそう言って、實森は慇懃《いんぎん》に頭を下げた。

實森は、仕事のために自分の担当を押しつけられたのだと、多賀谷はそう思っていた。

だが、何故かその考えが揺らごうとしている。

今まで誰にも向けられたことのない笑顔と熱のこもった眼差し、そしてあたたかい言葉には、仕事を超えた情熱のようなものが感じられた。

——今までの担当たちとは、違う。

不安と、期待に似た感情が綯い交ぜになって胸に込み上げてくるのを感じながら、多賀谷はただじっと實森を見つめた。

「先生？　どうかされましたか」

そんな多賀谷を不審に思ったのか、實森が心配そうに声をかけてくる。穏やかな微笑みは消え去り、生真面目そうな眼差しが多賀谷を捉えていた。

多賀谷は慌てて視線をそらし、何も答えず踵を返した。

子ネコの切なげな鳴き声を聞いていると、後ろ髪を引かれる想いがした。

はじめて触れた子ネコと、大きな實森の手の感触が、いつまでも消えずに残っている。

こんなにも他者に心を囚われた経験などなかったのに、いったいどうしてしまったのだろう。

ダイニングルームの扉を開いたとき、實森が思い出したように声をかけてきた。

「先生、お夕飯はどうされますか？　召し上がりたいメニューがあれば……」

「さっきのアフタヌーンティーで充分だ」

實森の言葉を遮り、背を向けたまま答える。

「それと、仕事に集中したいから放っておいてくれ。何かあったら俺から声をかける」

早口で告げると、多賀谷は静かに扉を閉じた。そして、足早に仕事部屋へ向かう。

企画は気に入らないし、子ネコの世話だって、絶対にしてやるものかと思っている。

けれど——。

あの小さくてふわふわした子ネコと暮らすのかと思うと、らしくなく心が弾むようだ。


仕事部屋に戻るなり、多賀谷は仮眠用のベッドに身を投げるように転がった。

「どうして、こんなことに……」

他人と生活をともにするのは高校の寮以来だ。

上京して一人暮らしを始めてからは、マネージャーや編集者はマンションのエントランスまでしか入れたことがないし、遊び相手にいたっては言わずもがなだ。せいぜい、ハウスクリーニング業者が週三回、多賀谷の在宅時に限って訪ねてくるくらいだ。

とにかく、多賀谷は自分のテリトリーを他人に侵されるのが苦手だった。

いったい、いつから他人を信じられなくなったのか、多賀谷自身もわからずにいる。

——そもそも、人を信じたことなんてあっただろうか。

オメガであることを隠し、アルファと偽って生きるうち、いつの間にかまわりにいる人すべてが敵のように思えて仕方がなかった。

「俺が本当にアルファだったら……」

そう思ったところでどうにもならないのに、つい愚痴を吐いてしまう。

多賀谷はオメガである母と、とある異国の実業家であるアルファの父の間に生まれた。

母が海外旅行中に体調を崩してヒートを起こしたとき、偶然居合わせた父がそのフェロモンにあてられてできたのが多賀谷だ。アルファの子供を期待した父は愛人として母を現地で囲ったが、十歳のバース検査で多賀谷がオメガだと判明した途端、母子を日本へ追い返した。

『アルファを産めないオメガなどゴミ以下だ。二度と私にかかわるな』

泣いて縋る母に浴びせられた暴言を、多賀谷ははっきりと記憶している。

愛する男に手ひどく捨てられた母は心を病み、息子をアルファだと思い込んでしまった。

幸い、母と父は番契約を結んでいなかった。多額の手切れ金と日本での生活の場まで与えられたのだから、ある意味ラッキーだったともいえる。

息子をアルファだと認識していた母は、日本に戻った際、当然のようにバース性をアルファとして届け出た。今となっては、母がどうやってバース性登録証を偽造したのかわからない。しかし手切れ金のおかげで裕福な暮らしを送る多賀谷親子を、周囲はオメガの母親とアルファの息子と信じて疑わなかった。

以来、多賀谷は母親の期待を一身に浴び、アルファとして育てられた。

己の性を知ったのが、もっと幼いころならよかったのかもしれない。父と母のやり取りを目撃していなければ、母を信じて寄り添えたかもしれない。

けれど——。

『オメガなどゴミ以下だ』

かつて父に吐き捨てられた呪詛《じゅそ》は、幼かった多賀谷をも縛りつけたのだ。

『虹は立派なアルファよ。世界中の人々に幸せを与える偉い人になるわ』

母に笑顔で囁かれるたび、多賀谷は胸が押し潰されるような痛みに襲われた。

母さん、違うよ。ぼくはオメガだ。母さんと同じオメガなんだよ。

屈託なくそう言い返せたなら、どんなに気が楽だったろう。

それでも、母に喜んでほしかった。笑ってほしいと願う気持ちが勝った。

母のために、アルファよりもアルファらしく生きよう。

それが正しい選択なのだと、多賀谷は信じた。

以来、多賀谷は勉強だけでなく、ありとあらゆることに必死でとり組んだ。中学までは学年一位の成績を保ち、高校は母の意向で地域の優秀なアルファのみが入学を許される全寮制の私立校へ進んだ。そうして思春期になると、いつ訪れるかわからない発情に怯《おび》えながら、インターネットで入手した抑制剤を服用しつつ、アルファと偽って学校生活を送ったのだ。

母のために、オメガ――本当の自分を押し隠し、アルファとして偽りの一生を送る。

そう覚悟していたはずだった。

けれど高校進学を機に、はからずも自身の想いを吐露する場所を見つけてしまった。

子供のころから抱えてきた想いや理想を、物語として描き綴った小説を、なんの気なしに投稿して、多くの共感や感想をもらったことがきっかけだった。

小説の中では何を言っても、どんな想いを綴っても、母を悲しませることはない。

インターネットの投稿サイト上では、多賀谷はアルファでもオメガでもなく、ただの多賀谷虹――本当の自分でいられたのだ。

もうすっかりバース性を偽ることに慣れたつもりでいるけれど、いつのころからか、自分が何者なのかわからなく感じることがあった。

自分を偽ることが、本当は嫌でイヤで堪らない。

しかし、役立たずのオメガだとバレたら、母に見捨てられ、世間に後ろ指を指されながら生きなくてはならないという恐怖から逃れられずにいる。心と身体がちぐはぐで、発狂しそうになることもあったが、必死に耐えてきたのだ。

それでも、希望を捨て切れずにいる。

母も、誰も、本当の自分を見てくれなかった。

だからこそ、願うのは、たった一つ――。

本当の自分を愛してくれる番が、いつか現れるのではないか――という夢を、小説という形にしてひそかに祈り続けているのだ。

「……我ながら、くだらない夢だな」

苦笑しつつ、多賀谷はゆっくりと起き上がった。

叶《かな》うはずのない夢を見るのは、現実ではなく小説の中だけでいい。

マイナス思考に陥りそうになるたび、多賀谷は創作に没頭してきた。執筆に集中している間は、嫌なことは全部忘れられる。

多賀谷は軽く両手で頬を叩くと、椅子に腰かけて書きかけだった原稿データを開いたのだった。

【三】

多賀谷の集中が切れたのは、日付けが変わった深夜のことだった。

「一応、言われたことには従うんだな」

實森が言いつけを守って様子を窺いにくることもなかったのは、多賀谷は少し意外に感じていた。それこそ、飲み物や夜食の差し入れをしてくるものと予想していたからだ。

「……とりあえず、風呂でも入るか」

数時間、キーボードを叩く手を止めることなく集中したせいで、首から肩、そして背中に強い張りを覚える。ゆっくり湯船に浸かって身体を休めたかった。

仕事部屋を出ると、一定の間隔で設置された間接照明が廊下をぼんやりと照らしていた。どの部屋も灯りが消えていて、子ネコの鳴き声も聞こえてこない。

「さすがに、もう寝たか」

客間の扉を眇めた目で見つめてポツリと呟くと同時に、多賀谷はホッと胸を撫で下ろす。實森と顔を合わさず済んだからだ。

ルームシューズも履かず裸足でパウダールームへ向かうと、實森に文句をつけられたスウェットの上下を脱ぎ捨てる。洗濯カゴに下着といっしょに投げ込んで、バスルームの照明を点けようとしたところで、多賀谷はふと違和感を覚えた。

磨りガラスの扉の向こうに、ぼんやりとした灯りがゆらゆらと揺れていたのだ。おまけにかすかにだが甘い花のような匂いがする。

不審に思いつつ、多賀谷はそうっと扉を開けた。

直後、噎《む》せ返るほどの甘い芳香が多賀谷の鼻を衝いた。

「うわ、なんだ。この匂いは……っ」

仄暗《ほのぐら》いバスルームを覗き込んだそのとき、水音とともに實森の声が響き渡った。

「えっ。た、多賀谷先生……っ？」

ハッとして振り返った實森の姿に多賀谷は茫然となる。

大きな猫足のバスタブの中、實森は頭に花柄のシャワーキャップを被り、ピンク色に染まった湯に浸かっていたからだ。窓のそばで焚《た》かれたアロマキャンドルが、濃密な匂いの発生源であることは一目瞭然だった。

「何を……やってるんだ？」

一瞬、言葉を失った多賀谷だったが、どうにか心を落ち着けて實森に問いかけた。

「……半身浴、です」

日中のビジネスライクなイメージからは想像できないしおらしい態度で實森が答える。

「先生にお許しをいただくべきでした。ですが、声をかけるな……とのことだったので――」

實森が事情を説明する間、多賀谷はシャワーキャップが気になって仕方がなかった。

「一日の終わりにアロマで癒やされながらお風呂に入るのを習慣にしているんです」

「そう、か」

多賀谷は頷くほかにどう答えればいいのかわからない。

「あ、子ネコが出入りする場所でアロマを焚いたりしませんのでご安心ください。一応、害がないとされるものを調合してあるので、心配はないと思いますが」

ネコにアロマオイル等が害を及ぼすことは多賀谷も知っていたが、實森に言われるまですっかり忘れていた。

「うん」

頷きつつ、やはりシャワーキャップに目がいってしまう。

「トリートメントを浸透させるために被っているんです。ヘアカラーを繰り返してきたので、わたしの髪は結構傷んでいるんですよ」

視線に気づいたらしい實森が教えてくれるが、多賀谷が気になっていたのはシャワーキャップの柄だ。淡いサーモンピンクの地色に色とりどりの小花が描かれたキャップと、適度に発達した筋肉で覆われた体躯はどう見てもアンバランスだ。

「ところで、先生もお風呂に入るおつもりだったのでしょう?」

全裸で入口に立ち尽くす多賀谷に實森が呼びかける。その声は日中の事務的なものと違って、少しくだけた印象を覚えた。プライベートな姿を見られたことで、とり繕うことをやめたのかもしれない。

「せっかくですから、お背中を流しましょうか？」

そう言うなり、實森が湯を飛び散らせながら立ち上がった。

「い、いや……」

慌ててその場を離れようとしたが、すんでのところで腕を捕まえられてしまう。

「こんな時間まで執筆されていたんですよね？　アロマにはリラックス効果がありますから、きっと疲れも吹き飛びますよ」

實森は多賀谷の肩を抱くようにすると、強引にバスタブへ誘った。

——逃げなければ。

そう思うのに、濡れた實森の身体に触れた途端、肌がざわめいて何も考えられなくなってしまう。昼間、劣情を散らそうと誘った相手を逃してしまったせいだろうか。

気がついたときには、實森と向かい合ってピンクの湯に浸かっていた。

實森はいかにもアルファといった身体つきをしている。スーツ姿のときからいい身体をしていると思っていたが、首は太く肩も盛り上がっていて、胸筋などはまるでギリシャ彫刻を見ているようだ。

どれだけ鍛えてもオメガである自分には手に入れられない強靭《きょうじん》な肉体を、多賀谷はついちらちらと盗み見てしまう。

「これだけバスタブが大きいと、二人で入ってもゆったりできていいですね」

白磁のバスタブの縁を撫でながら、實森が羨ましそうな表情を浮かべた。

「恋人同士で猫足のバスタブに浸かるなんて、映画みたいで素敵だと思いませんか？」

「は？」

思わず声を漏らして實森を見やった。

すると、實森が不思議そうに問い返してきた。

「先生もお付き合いされてきた方といっしょに入ったりされたのでは……？」

下世話な質問だという自覚があるのだろう。實森は上目遣いで多賀谷の反応を窺う。

「俺以外にこのバスタブに入ったのは、お前がはじめてだ」

「……え？」

實森が大きく目を見開く。

「よほどのことがない限り、他人を部屋に入れたことはない」

どうしてそこまで驚くのかわからないが、多賀谷はあるがままを口にした。

「そうだったんですね」

バツが悪そうに俯くと、實森は両手で湯を掬《すく》っては流すという動作を繰り返した。

大きな身体を丸めて湯をもてあそぶ姿は、にべもなく最後通牒《つうちょう》を突きつけてきた男と同一人物とは到底思えない。湯に浸かったリラックスできる状況のせいだろうか。

——妙な男だな。

そのとき、何を思ったのか實森が突然、多賀谷に近づいてきた。

「先生、そろそろお身体を流しましょうか」

「……え？　お前、本気か？」

たとえ執事を演じたところで、實森がそこまでするとは思っていなかった。

「はい、マッサージも得意なんです」

さっきまでのしおらしい態度が嘘のように、實森はわざとらしい笑みをたたえていた。

「必要ない。風呂ぐらい一人で入らせろ」

動揺を隠しつつキッと睨み返したが、實森は欠片も引く気がないらしい。

「遠慮しないでください。先生の美しさを、さらに美しく磨いて差し上げたいんです」

漆黒の双眸をうっとりと細めると、ゆっくりとした動作で立ち上がった。そして、逃げ場を塞ぐかのように、多賀谷を挟んでバスタブの縁を摑む。

「な、何を言って……」

そのとき、多賀谷の目に實森の下腹部が飛び込んできた。見事に割れた腹筋の下、きれいに整えられたアンダーヘアと、太く逞しい男性器を見せつけられて多賀谷は声を失う。

勃起してもいないのに、實森のソレは十センチはありそうだ。太さも申し分ない。勃起したらどれほどの大きさになるのかと思うと、想像するのも怖いくらいだ。

——これが、アルファの……。

元とはいえ、アルファの性器をはじめて目のあたりにした多賀谷は、無意識のうちにゴクリと喉を鳴らした。

「先生。そう見つめられるとさすがに……」

すぐそばで囁かれて、多賀谷は自分が實森の股間を凝視していたことに気づく。

「見られて困るなら、隠すなりすればいいだろう?」

狼狽して声が掠れそうになったが、懸命に平静を装ってゆっくりと背を向けた。できるなら一目散に逃げ出したい。だが、それもなんだか癪に思えた。

そうこうするうち、實森がバスタブのそばに置かれたステンレスのスタンドに手を伸ばす。

「じゃあ、背中から流しましょうか」

「必要ないと言ったはずだ」

肩越しに振り向くと、實森がたっぷり泡立てたスポンジを手ににっこり微笑んだ。

「ご奉仕させてください。先生」

言いながら、容赦なく多賀谷の素肌に触れてくる。

「お、おいっ」

反射的に暴れると、飛沫《しぶき》が跳ねて甘い香りが立ち上った。

「そんなに緊張しないでください。ただ身体を洗ってマッサージするだけです」

實森は穏やかな口調で言うと、多賀谷の身体を背後からすっぽりと抱えて湯に浸かる。

こうなっては、暴れて抵抗するだけみっともない奴だと思われそうで、多賀谷は仕方なく身を委ねた。

「ああ、首筋も肩も、岩でできているみたいにカチカチじゃないですか」

泡を身体に塗りたくられ、大きな手で筋肉を揉み解されるうち、逃げ出そうなんて考えはすぐに消えてしまった。自分で言うだけあって、實森のマッサージは多賀谷を夢心地にした。全身の力が抜けて、湯の中でふわふわとした浮遊感に包まれていると、感じたことのない安らぎを覚える。

いつしか多賀谷はうっとりと目を閉じ、實森に与えられる快感に浸っていた。

「気に入ってくださったみたいで、安心しました」

頭上から降ってきた声にぼんやりと目を開けると、實森が多賀谷の顔を覗き込んでいた。

気がつかないうちに髪が泡だらけになっていて、首の付け根あたりをぐいぐいと指圧されている。あまりの心地よさに居眠りしていたらしい。

「な、に？」

目を瞬かせつつ問い返した瞬間、多賀谷は覚えのある身体の異変に気づいた。

バスタブの底から浮いた身体の中心で、細身の性器がゆるく勃起していた。

慌てて股間を隠そうと手を伸ばすが、それより先に實森が楽しそうな声を漏らす。

「男性ならよくある反応ですが、そこまで気持ちよくなっていただけたと思うと嬉しい限りですね」

馬鹿にしたわけではなく、實森は単純に喜んでいるのだと頭ではわかっていた。けれど、性交渉の場以外で、それも實森の手に身体が反応したと思うと、激しい憤りと悔しさに歯噛みしたくなる。

尻をしっかりと湯船の底につけながら、多賀谷は抑揚のない声で言い返した。

「昼間、誰かさんに邪魔されたせいで溜まってただけだ」

「まさか先生、自慰で発散されたりしないのですか？」

實森は明け透けな質問を容赦なく投げつけてくる。

「自慰もするが、それだけじゃ身体の熱が鎮まらない。集中力が切れて執筆に支障をきたすんだ。だから、定期的に適当な相手を見繕って発散させてきた」

発情期のフェロモンを最小限に抑えるため、奔放にセックスを繰り返してきた事情を思い切って明かす。

——嘘じゃない。きっと、バレない。

発情期と性欲、という違いはあったが、けっして嘘を吐いたわけではない。

「昔、何かの文献で、アルファの中でもとくに生殖本能が強いタイプに見られる症状だと読んだことがあります」

アルファにそんな症例があることを、多賀谷は今はじめて知った。偶然とはいえ、實森があっさり信じたことに、ホッと胸を撫で下ろす。

「それにしては先生のペニス。アルファのわりに可愛らしいですね」

言われて、多賀谷はカッと顔が熱くなるのを感じた。湯であたためられているため、實森に気づかれることはないだろうが、馬鹿にされて腹が立たないはずがない。

「デカけりゃいいと思ってるのか？」

個人差は当然としてあるものの、アルファの男性器はベータやオメガに比べると総じて大きいのが特徴だ。

多賀谷の性器はオメガにしては大きいと自負しているが、さすがにアルファには及ばない。また、アルファの男性器の特徴である亀頭球も当然存在しない。

それでも、これまで関係をもったベータたちが多賀谷をアルファと信じたのは、サイズではなくテクニックで満足させてきたのと、亀頭球はアルファがオメガを抱いたときにしか発現しないためだった。

「お前のは、たしかに随分とご立派だが、今となっては無用の長物だな」

そう嘲りつつも、實森の性器を思い出し、多賀谷はグッと奥歯を噛み締めていた。オメガの本能か、太い幹を目にした瞬間、腹の奥が痺《しび》れるように疼《うず》いたのを覚えている。

「いくら先生でも、言っていいことと悪いことがあります」

無言で多賀谷の雑言を聞いていた實森が、突然、多賀谷の項をそろりと撫でた。

「ンん……っ」

敏感になっていた肌の上を、淡い快感がさざ波のように駆け抜けて、思わず首を竦める。

すると、その隙を狙ったかのように、多賀谷の股間に實森が手を伸ばしてきた。そして、組んだ腿《もも》を無理矢理に抉《こ》じ開けると、やんわり芯をもったままの性器に触れる。

「なっ……！　馬鹿、放せ！」

想定外の展開に驚き、實森の腕から逃げ出そうと湯を跳ね上げて暴れる。

しかし、背後から逞しい腕に腰を抱かれたうえ、股間をぎっちり握られてしまっては、手足をバタつかせるのが精一杯だ。

「先生こそ、このペニスでどれだけの浮名を流してきたのか、ぜひ、聞かせていただきたいものですね」

耳許へ實森が意地悪く囁きかける。そのたび、背筋を悪寒に似た震えが走った。

「おい、いい加減に……っ」

振り返って怒鳴りつけようとしたときだった。バスタブの底で足を滑らせた多賀谷は、体勢を崩して湯の中へ沈みそうになった。

「うわ……っ！」

一瞬、頭まで湯に浸かったところを、すぐさま實森に引き上げられる。

「そんなに慌てて、先生らしくありませんね」

多賀谷の小脇を両側から支えた實森が、背後で可笑しそうに笑う。

まるで子供扱いだ。

「うるさい！　いいから放せっ」

声が震えそうになるのを堪えつつ、實森を振り返って悪態を吐く。

「この去勢野郎……。空気ぐらい読んだらどうなんだ」

そして小花柄のキャップに手を伸ばし、強引に引き剝がした。

「あっ」

弾みで髪留めを引っかけたらしく、實森の濡れ髪がはらりと解けた。

「急に何をするんですか」

顔にかかった髪を右手で搔き上げる仕草が、多賀谷の目に妙に艶っぽく映る。

「先生は思っていたより、お行儀が悪くていらしゃる」

實森はそう言って多賀谷を抱えたままバスタブの縁に腰かけると、両腕ごと身体を抱き竦めた。

そして、緊張に強張る多賀谷の肩に軽く唇を押しつける。

「な、にを……してっ」

濡れた肌を唇でくすぐられ、劣情の熾火《おきび》がチロチロと火をあげ始める。

「生活のすべてを管理サポートすると申し上げたでしょう」

いったい何が言いたいのだろう。多賀谷は訝る目を肩越しに向けた。

「マッサージや医療行為だと思って身を委ねてくだされば……すぐに終わります」

多賀谷の視線を受け止めると、實森は潜めた声で囁きながら手をゆっくり移動させていく。

「遊び相手は誰でもよかったのではありませんか？」

やがて、膝頭をそろりと撫でられて、多賀谷は身体をビクッと震わせた。

「遊びにしたって、選ぶ権利がある。お前みたいなアルファなんかお断りだ」

身体を内側から焦がすような熱に抗いつつ、多賀谷は脱出の機会を窺う。

「もうアルファじゃありません」

しかしその間も、實森の唇や手で過敏になった肌をもてあそばれ、いつしか性器はすっかり硬く勃ち上がっていた。

「元はアルファのくせに……」

實森は下腹や脚の付け根、尻を執拗《しつよう》に撫でまわすくせに、先ほどと違って肝心の性器には頑として触れない。それなのに、多賀谷の分身はピンク色の湯の中でより赤く充血して揺れていた。

頭の奥で、もう一人の自分が声をあげる。

——触って……。

「うるさい。お前なんかが……」

何か喋《しゃべ》っていないと、あられもない台詞を発してしまいそうだった。

「何をそんなに怖がっているのですか?」

予期せぬ問いかけに、一瞬、頭が真っ白になった。

元とはいえアルファに触れられて、突発的な発情が起きたらと思うと、正直気が気でなかった。オメガの発情にアルファが抗えないのと同様に、オメガもまたアルファの圧倒的なフェロモンに抗えない。

もし、何かの弾みで最悪の事態に陥ったら——。

「怖がってなんかいない。お前を相手に想像したら、吐きそうになっただけだ」

それでも、多賀谷は必死に理性を手繰り寄せると、精一杯強がってみせた。

すると、背後から實森が満足げに頷く気配が伝わってきた。

「その調子ですよ、先生」

腹をまさぐっていた右手が、多賀谷の勃起に触れる。

「あ、おい……っ」

慌てて手を払い除けようとするが、続けて左手で陰嚢《いんのう》をむんずと揉みしだかれ、多賀谷は声もなく背をのけ反らせた。途端に、性器がこれ以上ないくらい硬く張り詰める。

「先生、感じやすいんですね」

多賀谷の肩に顎をのせた体勢で、實森が掠れた声で囁く。

「黙れ……」

絶対に、喘《あえ》いでなんかやるものかと、多賀谷は歯を食いしばった。しかし、實森のなんでもこなす器用な手に翻弄されて、漏れ出る喘ぎを抑えきれない。

「ふっ、う……っ。くぅ」

みっともない声だけは出すまいと、多賀谷は何度も唇を噛んだ。

それでも、禁欲を強いられた身体は欲望に忠実だ。實森に与えられる愛撫のすべてに、全身が歓喜して打ち震える。

「もう、出るから……放せ」

實森の手で達するのだけは、負けたような気がして嫌だった。

「今、とてもいやらしい顔になっていますよ。先生」

實森が意地悪く囁きながら、陰嚢をギュッと握り締めた。やわらかい包皮の中で、二つの玉がグリュっと動く感覚に、電流のような痺れが脳天まで走る。

「うあぁ……っ」

次の瞬間、多賀谷は大きく胸を反り返らせ、一際高い嬌声《きょうせい》を放っていた。

「ぁ、で……出るっ」

全身が小刻みに震えて、呼吸するのもままならないほど、鮮烈な快感に意識が遠のく。

實森の腕にきつく縋りついて射精を堪えていると、耳朶《じだ》を甘嚙みされた。

「イッていいですよ」

甘い誘惑に、理性が崩壊する。

いやだ——。

そう思った直後、多賀谷は性器がぶわりと膨張するのを感じた。

目の前に閃光《せんこう》が走り、続けて激しい快感に呑み込まれる。

「あ、あ……っ」

大きな手で陰茎をゆるゆると扱かれながら、多賀谷は陶然として精を放った。絶頂は長く、夥《おびただ》しい量の白濁がピンク色の湯の中にゆうらりと漂っていく。これまで経験したことのない絶頂の余韻に浸りつつ、多賀谷は茫然とした面持ちで湯を眺めていた。

「すっきりしましたか」

射精後、どれくらいの時間、ぼうっとしていただろうか。

ふと気づくと、バスタブからピンク色の湯が抜かれて、かわりに新しい湯がカランから激しく注がれていた。

「湯冷めするといけませんから、しばらくの間こうしていてください」

少し熱く感じる湯は、まだ踝《くるぶし》の上あたりまでしか溜まっていない。實森はシャワーヘッドを手に、多賀谷の肩や背中を流してくれていた。

多賀谷の身体には鮮烈な快感の余韻がいまだ残っていて、腕を動かすどころか返事をするのも億劫《おっくう》なくらいだった。

「先生、寝ないでくださいね。もう一度、身体を流しますから」

言いながら、ずるずるとずり落ちていく多賀谷の身体を、實森が優しく抱き寄せる。

そのとき、多賀谷は腰に触れる硬い感触に気づいた。

抑制処置を受けたからといって性欲が失われるわけではないと聞いていたが、まさか實森が興奮していたとは欠片も思っていなかった。

「お前も勃ってる」

「すみません。すぐに収まります」

多賀谷の痴態にあてられたのだろうか。目許が赤く染まっているのは、湯あたりのせいでないのは明らかだった。

「それとも、先生が処理してくれますか?」

「本気で言っているなら、今すぐ追い出す」

眉尻を下げる實森に、多賀谷はきつい調子で言い返す。

「まさか……。そんなこと、先生にさせるはずがないでしょう」

實森が苦笑を浮かべて溜息を吐く。

同じ男として、劣情を持て余すつらさは多賀谷にも理解できた。

理性を働かせ、自身を宥《なだ》めようとしているのか、實森は何度も深呼吸を繰り返す。

そんな實森を見ていると、妙な気分がぶり返しそうで、多賀谷はふいっと目をそらした。

そして、實森の手で呆気なく精を放った悔しさが徐々に込み上げてくるのを感じながら、頭に浮かんだ疑問をぼそりと呟いた。

「……のか？」

「すみません。聞きとれなかったので、もう一度言ってくださいますか」

腰を抱いていた逞しい腕が解かれ、多賀谷はようやく自由になる。ゆっくりとバスタブの反対側へ移動すると、實森に背を向けたまま質問を繰り返した。

「去勢すると、アルファのプライドまで失うのか……と言ったんだ」

バスタブの縁で腕を組み、そこに顎をおいて返事を待つ。

すると、背後から軽く舌打ちする音が聞こえた。

「アルファのプライド？　そんなもの、クソですね」

實森の口から発せられたとは思えない下品な言葉に、多賀谷は一瞬、耳を疑う。

「クソ、だと？」

思わず振り返ると、髪を後ろでまとめた實森がまっすぐに多賀谷を見つめていた。

「アルファだとかベータだとか、男だとか女だとか、性に根差したプライドなど、道端の石ころにも劣ると思いませんか」

淡々と、しかし熱を帯びた声で話す實森に、多賀谷は不覚にも圧倒される。

「だいたい、バース性が人の言動や意思のすべてに影響するなどと、先生は本気で考えていらっしゃるのですか」

まるでケンカ腰だ。

實森の豹変ぶりに戸惑いを覚えつつ、多賀谷はわずかに眉間に皺を寄せた。

「バース性が個人の人格に無関係だというなら、お前はどうして抑制処置を受けたんだ。去勢なんかしなくても、アルファとか関係なく好きなように生きればいいだけだろう?」

多賀谷の言葉に、實森がいっそう強く言い返してくる。

「抑制処置は去勢とは違います。今の発言、相手によっては差別発言と受けとられて訴えられかねませんよ」

何が實森をここまで熱くさせたのかわからないまま、多賀谷は早口で捲し立てる。

「そんなことは今、関係ない。アルファであることをわざわざ捨てたってことは、そのプライドまで捨てたも同然だ。だからさっきみたいなことも、平気でできたんじゃないのか」

アルファが他人の性処理を一方的に手伝うといった行為が、多賀谷にはどうしても理解できなかったのだ。

「はぁ……」

するとと、實森がわざとらしく溜息を吐いた。

「おっしゃりたいことはわかりました。ですが、先生の考えを押しつけるのはやめてください。あと、無理にわたしのことを理解していただかなくて結構です」

これ以上の言い合いは無駄だとでも言いたそうな顔で實森はさらに続ける。

「わたしのプライドは、つねに自分らしくあろうとする心と、編集として多賀谷虹を支えるという強い意志のみです。たとえわたしがベータやオメガだったとしても、このプライドが揺らぐことはありません」

言葉どおりにまっすぐで強い意志をたたえた双眸を前に、多賀谷は黙り込んでしまう。

「わたしは多賀谷虹という作家を失いたくない。ずっと素敵な作品を書いてほしいだけです。少しでも先生の助けになるなら、先ほどのようなこともお手伝いします。言うなれば、それが今のわたしのプライドです」

情熱的な台詞を臆面もなく口にする實森を、多賀谷は信じられない想いで見返した。

ふつうの作家なら、愛の告白めいた台詞に泣いて喜ぶことだろう。

しかし、多賀谷はかえって心が冷めていくような感覚を覚えていた。

「つまり、あれか――」

薄く口許を綻ばせ、横目で實森を見やる。

「俺が金の卵を産む鶏だから、編集としてなんでもするってことか」

「そんなことは言っていません。わたしは本気で先生に尽くしたいと思っています」

「もうそんなおべっかは聞き飽きた。お前はただ担当編集兼マネージャーの仕事をこなせばいい」

「先生……」

多賀谷の心情など欠片も理解できないのだろう。實森は憐《あわ》れみを含んだ目で多賀谷を見つめる。

「そんなに欲しいなら、金でもなんでも与えてやる。そのために……俺に尽くすためにお前はここにいるんだろう?」

アルファのまわりに群がるオメガやベータを散々見てきた。實森も所詮、彼らと同類だと思えば合点がいく。

多賀谷は冷めた目で實森を見据えると、ゆっくりと立ち上がった。細身だがそれなりに筋肉に覆われたスレンダーな体軀を曝《さら》け出し、自信に満ちた張りのある声で告げる。

「アルファであることを自ら捨てたお前に、アルファの気持ちなんかわかるはずないか」

ずっと見上げてばかりだった實森を見下ろすと、ほんの少しだが胸がすくようだ。

唖然《あぜん》とするばかりの實森を一人バスタブに残し、多賀谷は甘ったるい匂いで満たされたバスルームをあとにした。そしてバスローブをパウダールームの棚からとり出して濡れた身体にまとい、早足で寝室へと向かう。

寝室の扉に鍵をかけてベッドへ歩み寄ると、勢いをつけてダイブした。激しくスプリングが軋む間、多賀谷は瞬きもせず暗闇を見据えていた。

どうして、實森が相手だと、上手く感情が抑えられないのだろう。

「口……いや、頬が痛い」

頬に軽い張りを感じる。一日であんなに喋ったのははじめてかもしれない。

そう思うと、いっそう實森への怒りが増していく。感情を振りまわされ、表情を操られ、一方的に快楽を与えられた現実を、多賀谷は受け止められずにいた。

「あんな奴に、どうして俺が、与えられなきゃならない……」

ベッドカバーがじわりと濡れていくのを感じながら、實森の言葉を思い出す。

「何が……尽くす、だ」

そう言ったところで、はたと気づく。

「ああ、そうか。なんだ、簡単じゃないか」

多賀谷は一際大きく息を吐き、ゆっくり起き上がってベッドに胡坐《あぐら》を掻いた。

「与えられたと受けとるか、尽くされたと受けとるか……。俺の捉え方次第ってことか」

そんな簡単なこともわからないくらいとり乱していたのかと気づき、情けないよりも可笑しくなってくる。

「俺はアルファなんだから尽くされて当然で、アイツには仕事を与えてやっただけだ」

口に出した途端、胸に溢れていた怒りが消えていくような気がした。

「アイツが何をしてこようが毅然《きぜん》とした態度で、いつもの俺でいればいい」

右手でバスローブの胸許を握り締め、自身に言い聞かせる。

『アルファは与える者なの』

懐かしくも忌まわしい情景を脳裏に描き出す。

『ほら、虹。お父様をご覧なさい。与える者はつねに尽くされる立場にあることがわかるでしょう?』

まだ、父のもとで暮らしていたころの記憶だ。

父は旧王家の血を引いていたらしい。豪奢《ごうしゃ》な古城に暮らし、仕事以外は何もせず、多くの従僕に尽くされて日々過ごしていた。

息子がアルファだと信じて疑わなかった母は、幼い多賀谷に父を見習うよう言い聞かせて育てた。そしてそれは、多賀谷がオメガだと判明して日本に送り返されてからも続いた。

多賀谷の母は息子の身のまわりの世話を家政婦や家庭教師に任せたのだ。

その結果、多賀谷は母の愛情を知らないまま、勉強や運動しかできないお坊ちゃんへと成長した。それがアルファとしての生き方だと信じていた。

アルファしかいない進学校に入っても、多賀谷をとり巻く環境はそれほど変わらなかった。珍しいアースアイと美しい容貌、そして努力して手に入れた優秀さで、周囲の生徒を魅了し、従えるまでになったからだ。

やがて、上京して印税生活を送るころには、尽くされることがすっかり当たり前になっていた。多賀谷にしてみれば幼いころに見た、父の暮らしぶりを真似ただけだ。

母が理想としたアルファを、演じるために——。

そのとき、不意に實森の言葉が脳裏をよぎった。

『わたしのプライドは、つねに自分らしくあろうとする心と、編集として多賀谷虹を支えるという強い意志のみです』

あのとき、どうしてだか、まっすぐこちらを見つめる瞳から目が離せなかった。

『たとえわたしがベータやオメガだったとしても、このプライドが揺らぐことはありません』

多賀谷に尽くすと言いながら、實森はけっして媚《こ》びへつらいはしない。

アルファじゃなければ意味がない——そう信じて生きてきた価値観が、實森によって大きくぐらつこうとしている。

「なんで、あんなことが言えるんだ……?」

實森にヌいてもらったせいか、それともアロマの効果か、多賀谷を急激な睡魔が襲う。

「俺には……、無理だ」

ゆっくりとベッドに倒れ込むと、多賀谷はそのまま深い眠りへ落ちていった。


翌朝、多賀谷の寝起きの気分は最悪だった。ずっと一人で暮らしてきた部屋に、他人と子ネコが一匹いると思うと、それだけで頭を抱えたくなる。とくに昨夜の出来事のせいで、實森と顔を合わせづらい。

できることならずっと眠っていたかったが、さすがにそうもいかない。昨日の夕方、アフタヌーンティーセットを食べたきりで水すら飲んでいないのだ。

それに、あの子ネコがどうしているか気になった。

朝陽が差し込む窓を眺めると、重く沈んだ多賀谷の気分とは裏腹に、見事な五月晴れの青空が広がっていた。

「仕方ない。起きるか」

溜息交じりに呟くと、寝癖で爆発した髪を掻き乱しながら寝室を出る。

足音を忍ばせてダイニングルームに向かううち、どこか懐かしいような匂いに鼻をくすぐられる。おそらく實森が何か作っているのだろうと思いつつ、多賀谷はそっとダイニングルームの扉を開いた。

すると、予想どおりキッチンで實森が料理する後ろ姿があった。昨日と同じようにワイシャツと黒いベストにスラックス、そしてエプロンを着けている。

多賀谷は入口に佇んだままリビングルームへ視線を向けたが、子ネコはまだ眠っているのか姿が見あたらない。

「おはようございます。先生。よく眠れましたか？」

すると、多賀谷に気づいた實森が、昨日とまるで変わらない調子で声をかけてきた。

「あ、ああ」

バツの悪さに一瞬、返事が遅れた多賀谷だったが、すぐに感情のない声で生返事する。そのまま目を合わさないようにしながらダイニングテーブルにつくと、テラスに続く掃き出し窓を眺めるふりをして實森に命じた。

「コーヒーが飲みたい。濃いめのブラックだ」

「はい、わかりました。ところで先生」

實森が何故か、キッチンを出て近づいてくる。そして、バスローブ姿の多賀谷をじろっと見据えた。

「もしかして昨夜、髪も乾かさないでその格好で寝てしまったんですか？」

眉間に皺を寄せると、遠慮なく多賀谷の髪に手を伸ばしてくる。

「勝手に触るな」

實森の手を振り払うと、多賀谷は顔も見ないで言い放った。

「髪が跳ねていようがどうだっていいだろう。今日は外出の予定はないはずだ」

「わかりました」

實森が呆れ声を漏らす。

「髪はあとできちんとセットさせてもらいます。朝食を召し上がってください」

そう言って踵を返す背中に、多賀谷は間髪容れず言い返した。

「朝は食べない主義だ。コーヒーだけでいい」

すると、實森が足を止めて振り返り、すかさず口答えしてくる。

「朝食を抜くなんて、今どきあり得ません。健康だけでなく仕事のパフォーマンス低下にも繋《つな》がることをご存じないんですか？」

「あくまで一般論だろう。とにかく、黙ってコーヒーを淹れればいい」

「ですが先生は、昨日の夕方から何も召し上がっていません。お腹が空いているのではありませんか？」

多賀谷は思わず言葉に詰まった。何故ならキッチンから漂ってくるバターや味噌汁《みそしる》、ほかにも想像がつかない香りに食欲が刺激されて、腹の虫が大合唱を始めていたからだ。

「とりあえず、一口だけでも召し上がってみてください。もともと家事全般が好きで、とくに料理は得意です。和洋中にエスニック、レシピさえあればそれ以外でもだいたいのものは作れますし、味にもそれなりに自信があります」

實森が自信に満ちた表情を浮かべるのに、多賀谷はアフタヌーンティーのスコーンやケーキを思い出した。まるで多賀谷の口に合わせたかのように、何を食べても美味かった。

「そこまで言うなら、食べてやってもいい」

空腹とあの感動をふたたび味わいたい欲求に抗えず、渋々といったていで頷く。

「ありがとうございます。すぐに支度いたします」

實森は軽く頭を下げると、キッチンにとって返した。そして、いそいそとサンドイッチとサラダがのったプレートと、おにぎりと味噌汁椀《わん》がのったプレートを運んできた。

「和洋どちらを召し上がられるかわからなくて両方作ってみました」

多賀谷の目の前にプレートを置くと、またすぐにキッチンへ戻っていく。

「お飲み物はブラックコーヒーでよろしいですか？　紅茶や緑茶に番茶、ミルクやフレッシュジュース、なんでもご用意できますが」

「アイスコーヒーでいい」

返事をすると、實森は嬉々としてドリッパーの準備を始めた。

——何がそんなに楽しいんだ。

キッチンで忙しく動きまわる實森を横目に、多賀谷はサンドイッチのプレートに手を伸ばした。プレートには厚焼き玉子のサンドイッチと、生ハムとレタスにチーズを挟んだサンドイッチが盛られていた。見た目はコンビニエンスストアなどで売っているような、なんの変哲もないサンドイッチだ。

しげしげとサンドイッチを眺めていると、實森がアイスコーヒーを運んできた。

「そんなに警戒しなくても、毒なんか盛っていませんよ」

揶揄《からか》うような言い方にカチンとくるが、多賀谷は思ったままを答える。

「べつに、警戒しているわけじゃない。どれほどのものか観察していただけだ」

そうして、實森の視線を感じながらそうっと玉子サンドを口に運んだ。しっとりとした食パンに歯を立て、玉子焼きの弾力を感じた直後、昨日は呑み込んだ台詞が、考えるより先に口を衝いて零れた。

「……う、まい」

トマトケチャップのほんのりした酸味と、中までしっかり火のとおった厚焼き玉子の甘みに感動を覚え、多賀谷は思わず手にしたサンドイッチを凝視する。

「ゆで玉子にするか悩んだのですが、厚焼き玉子にして正解だったようですね」

實森が満足そうに目を細める。その表情や態度からは、昨夜のことを気にしている様子は微塵も感じられない。

意識しているのが自分だけと思うと、多賀谷は馬鹿馬鹿しくなった。

生活のすべてを管理サポートすると言っただけあって、實森は仕事と割り切っているのだろう。だからこそ、あんなふざけた行為も苦にならないに違いない。

しかし、多賀谷としては昨夜みたいな接触は、今後絶対に避けたかった。

何がきっかけで、オメガだとバレるかわからない。

――やはり、一日も早く追い出さなければ……。

「先生、どうかされましたか？」

サンドイッチを手に黙り込んだ多賀谷に、實森が呼びかける。

「べつに」

短く答えると、多賀谷はサンドイッチにかぶりついた。

腹が減っては戦ができぬ――。

實森を追い出す具体的な方法はまるで思いつかないが、今は目の前のサンドイッチに集中しよう。もしかすると、明日にはもう食べられなくなるかもしれないのだから。

その後、多賀谷は結局、二種類のサンドイッチだけでなく、おにぎりと味噌汁までぺろりと平らげたのだった。

「先生。スケジュールのことなど、いくつか確認させていただきたいのですが」

「ああ、わかった」

追い出すまでは、仕事のパートナーとして實森と向き合わなくてはならない。多賀谷はその点のみ割り切ることにした。

「ノートパソコンを持ってくるので、リビングで待っていていただけますか」

言われるままリビングルームへ移り、カウチに腰かけてアイスコーヒーを飲んでいると、エプロンを外して黒いジャケットを着た實森がノートパソコンや資料を抱えて戻ってきた。

「失礼します」

慇懃に頭を下げてから向かいの席に腰を下ろす様は、どこからどう見ても執事にしか見えない。

「まず、脚本のチェックは順調に進んでいますか？」

「ああ、問題ない。締め切りまでにはデータを送る」

「ありがとうございます。それと――」

實森が頷きながら、ノートパソコンの天板を開いてフラットポイントをなぞる。

「次回作の本文イラストですが、イラストレーターの先生がぜひとも描きたいシーンがあるとのことで、先生に許可をいただけないかという問い合わせがありました」

何気なく視線を實森のノートパソコンに向けた多賀谷は、思わず目を疑った。

――は？

實森のノートパソコンに、派手なデコレーションが施されていたからだ。天板はキラキラ輝くスワロフスキーで紫陽花が描かれていて、キーボードには虹や雨粒といったシールやステッカーが貼られている。

　驚きつつも食い入るように眺めていると、多賀谷の視線に気づいたのか、實森が「気になりますか？」と言って仕事の話を中断した。

「季節を先取りしたデザインで仕事道具をデコレートすると、やる気が湧いてくるんです」

　言いながら、わざわざノートパソコンをこちらへ向ける。

「この部分……紫陽花の花びらのグラデーションなど、結構こだわってみたのですが、いい仕上がりだと思いませんか？」

「これ、自分で……？」

　まさかという想いで、敷き詰められたスワロフスキーに見入ってしまう。

「そんなに気に入っていただけたなら、先生のパソコンもデコッてみますか？」

　實森が期待に満ちた眼差しを向ける。

「いや、俺はいい」

　圧倒されつつもきっぱり断ると、實森は残念そうに項垂れた。

　昨夜のアロマキャンドルやシャワーキャップ姿といい、仕事中の有能な執事ぶりとの差に、多賀谷は違和感を抱かずにいられない。

「すみません。失礼しました。……イラストの話が途中でしたね」

慌ててノートパソコンに目を落とすと、咳払いをして先を続ける。

「まずは、主人公と幼馴染《おさななじみ》が再会する花園のシーンですが……」

前担当から引き継いだ時点で、イラストの指定はすべて終わっていた。その修正点について、實森は丁寧にイラストレーターの希望とその意図を説明する。

「あっちが描きたいって言うなら、描かせてやればいい」

該当のシーンは多賀谷も気に入っていて、ひそかに絵がついたらいいなと思っていた。思いがけず願いが叶った喜びに、我知らず口元が綻ぶ。

すると實森が少し驚いた様子で尋ねてきた。

「やはり、先生もこのシーンを気に入っていらっしゃるんですね？」

「……何故、そう思う」

どうしてわかったのだろうと問い返すと、實森が楽しそうに相好を崩した。

「だって先生、今、とても嬉しそうな顔をされています」

言われて、自分が笑っていたことに気づく。

「え——」

「繊細な作風と違って横柄な人だと思っていましたが、素直で可愛らしい面もお持ちなんですね」

多賀谷を見る實森の目が、明らかに昨日までと違う。

「そ、そんなことはどうでもいいから、さっさと返事をしてやれよ」

人に見られたくない素の自分を實森に知られたことで、多賀谷は軽い混乱に陥っていた。

「わかりました。では、すぐにお返事しておきます」

實森がくすっと笑ってキーボードを叩く。

「実はわたしもこのシーンがとても気に入っているんです。だから、もし先生が駄目とおっしゃっても説得するつもりでいました」

なんのてらいもない笑顔で続けるのを、多賀谷は興味のないふりをしつつ聞いていた。

「すごくロマンチックで、ほんの少し切なくて、胸がきゅうっとなるというか……。ここにイラストがつけば、きっと印象に残る名シーンになると思います」

編集として当然のことかもしれないが、著者校正が終わった時点で前任者から引き継いだ作品を、實森がしっかりと読み込んでくれていたと知って、多賀谷は面映ゆい気持ちになった。

「クライマックスの盛り上がりと違って、二人の想いを静かに……でもひしひしと読者に訴えかけてくるとても美しいシーンです。先生はきっとこの作品の中でもとくに重要なシーンとして書かれたのではないでしょうか」

實森が顔を上げて同意を求める。

多賀谷は思わず顔を窓の外へ向けた。見たり触れたりしなくてもわかるくらい、耳が熱くなって真っ赤に染まっている。胸が早鐘を打ち、掌にじわりと汗が滲む。

——なんで、こんなに嬉しいんだ？

身体中に喜びが広がる感覚に、多賀谷は戸惑いを覚える。

編集に作品を褒められるのは珍しいことではない。だが、多賀谷の機嫌を窺いながら発せられた言葉に、心を動かされたことは一度としてなかった。

しかし、實森の言葉はまるで違った。本心から作品を楽しみ、ただ思ったままを素直に伝えてくれた。表情や声音、仕草のどこにも、媚びや演技している様子が感じられない。

読み手と感情がリンクする感覚なんて、多賀谷はすっかり忘れていた。デビュー前、インターネット上に作品を投稿し始めたころ、読者からの反応に一喜一憂していたことを懐かしく思い出す。

「イラストレーターの先生も、きっとわたしと同じように感じたんだと思いますよ」

そう言って、實森が一際高い音を立てて、リターンキーを叩く。

「さて、コーヒーのおかわりでも淹れましょうか」

實森がノートパソコンを閉じて静かに立ち上がった。

「それとも、べつのお飲み物にしますか？」

「なんでも、いい」

言葉短く答えると、多賀谷はゆっくり立ち上がり、掃き出し窓から外に続くテラスに出た。空を渡る風が寝癖で乱れた髪を優しく揺らすのを感じながら目を閉じる。

實森が浮かべた笑顔と感想を思い出すと、新たな気恥ずかしさが込み上げてくるようだ。

そのとき、背後から子ネコの鳴き声が聞こえた。

「え……?」

ハッとして振り返ると、子ネコがテラスに出ようとする姿が目に飛び込んできた。

「先生! 外に出さないでください。柵の隙間から落ちてしまったら大変です!」

實森が声をあげる。

「あ、ああ」

わけもわからず頷くと、栈を跨《また》ごうとしていた子ネコを慌てて抱き上げた。

「にゃぅん」

しかし、どうやって抱けばいいのかわからない。

両手で小さくてやわらかい身体を掴んだまま、多賀谷は仕方なくキッチンにいる實森に助けを求めた。

「おい。捕まえたぞ」

子ネコを掴んだ両手を伸ばし、おどおどとした足取りでリビングルームに戻ると、實森がそれは楽しそうな笑顔で迎えた。

「すみません。朝、ケージから出して遊ばせていたのをすっかり忘れていました。ありがとうございます」

四肢をバタつかせる子ネコを多賀谷の手から抱き上げ、掃き出し窓をしっかり閉める。

「責任をもって面倒をみろって言っただろう」

そっぽを向いて悪態を吐きつつ、多賀谷は子ネコが無事だったことと、緊張から解き放たれた安堵《あんど》に胸を撫で下ろした。


カメラは一台しか設置しない。

撮影時間は多賀谷の都合に合わせる。

編集チェックには多賀谷も必ず同席する。

子ネコとの生活が継続不可能と判断した場合、いつでも辞退できる。

企画について番組側がいくつか条件を呑んだと實森から明かされたのは、その日の午後のことだった――。

【四】

「……ん」

鼻腔をくすぐる出汁の香りに、今朝は和食か……とぼんやり思ったところで、腹の虫が小さく鳴いた。食欲を刺激する匂いに脳が反応して、勝手に口の中に唾液が溢れる。

もともと食事は最低限の栄養さえとれればいいと考えていた多賀谷だったが、今では空腹感を覚えるより先に、身体が「早く食わせろ」と訴えるようになってしまった。

それもすべて、實森のせいだ。

――我ながら、チョロいもんだ。

とっとと追い出してやると息巻いていたのに、すっかり實森の手練手管にもてあそばれている。

のそりと起き上がった多賀谷は、下腹部の違和感に小さく舌打ちした。

「……くそ」

夏用の肌掛け布団を捲らなくても、性器が硬く勃起していることは明らかだった。

もう何日も性欲処理をしていないせいで、日中も腹の奥に燻ぶった熱を感じるようになってしまった。

この熱が溢れる前――発情期がくる前に實森を追い出さなくては……。

「焦ったって、仕方がない」

自分に言い聞かせるように呟いてベッドから下りると、抑制剤を飲んで寝室をあとにした。そして、寝乱れたパジャマのままルームシューズも履かずにパウダールームへ向かう。毎朝七時に起こされ、朝食を八時にとるという入院患者みたいな生活に、不本意ながら慣れ始めている。

實森との同居はすでに十日あまりが経過していた。

宣言したとおり、實森は甲斐甲斐しく多賀谷に尽くし、うざったいくらいに世話を焼く。外から帰ったら手洗いとうがいをしろだとか、パジャマのボタンをかけ間違えているだとか、ブロッコリーを残すなだとか……。

注意されても仕方のない、だらしない生活ぶりだったことは多賀谷も自覚している。けれど、これまでの一人暮らしはただただ安楽で、困ったことなどなかったのだ。

「母親じゃあるまいし……」

無意識に呟くと同時に、ふと、離れて暮らす母の声が頭の中にこだました。

『虹は世界中のどのアルファより、立派なアルファにならなきゃ』

高校卒業を機に上京して以来、母とはもうずっと会っていない。電話で話したのもいつだったか忘れてしまうほど、連絡をとっていなかった。

売れっ子アルファ作家として富と名誉を手にした息子の姿に、彼女は満足しているだろうか。

——もう、気にしたところで意味なんてない、か。

とうの昔から、母の目に息子の本当の姿など映っていなかったことを、多賀谷は嫌というほど思い知らされてきた。今さら多賀谷がどんな暮らしぶりをしていようが、現実を見ようとしない彼女には関係のないことだろう。

気持ちが暗く沈みかけた、そのとき、胃の奥がキュッとなってふたたび腹の虫が鳴く。

いつの間にか、股間はすっかり鎮まっている。

洗面台で顔を洗って廊下に出ると、ジュウッという何かを炒《いた》める音が聞こえてきた。ダイニングルームに近づくにつれて、味噌汁や焼き魚の香ばしい匂い、そして調理をする音が重なって、一気に所帯じみた生活感に包まれる。

たった十日あまりでここまで生活空間が変化してしまったことに、多賀谷はなんとなく負けたような気分になった。

このマンションで暮らし始めてから、自分の思うままに生きてきた。好きなときに書いて、好きな時間に眠り、好きなものを食べ、気まぐれに肌を重ねる。誰の指図も受けず、邪魔もされない、文字どおり自由な生活を謳歌《おうか》してきた。

そんな生活が、實森のせいで一変してしまったのだ。

同居生活が始まった当初、多賀谷はその不自由さから近いうちにきっと体調不良をきたすに違いないと思っていた。

しかし、予想はすっかり外れた。

不規則だった食生活が整ったおかげで、かつてないくらい体調がよくなった。肌や髪も實森にすすめられたコスメ等で手入れされて艶を増し、我ながら美貌に磨きがかかったと思う。

元アルファだけあって實森の仕事ぶりには何度も感心させられていた。執筆におけるアドバイスは的確で、助けられることもしばしばあり、書くスピードも以前より増している。

何より悔しいのは、胃袋をがっつり摑まれてしまったことだ。實森の料理を口にするまでは、食事の時間も内容も一切気にかけたことがなかった。それなのに、今では食事の時間が待ち遠しく思うようになって、外食する気もなくなってしまった。

自由に外出できないのは多少不自由だが、實森は最初の約束どおり、多賀谷がより仕事をしやすいようにと、衣食住すべてにおいて満足させてくれている。

それに、なんとなくだが實森の多賀谷に対する表情や態度が、初日と比べてやわらかくなっている気がした。

不本意ではあったが裸の付き合い——多賀谷の燻ぶった劣情を實森が処理してくれたことがきっかけだったのか、はからずも素の自分を垣間見せたことが原因かはわからない。

どちらにしろ作家なら、實森のような担当がいれば絶対に手放したくないだろう。

「……まあ、ちょっと趣味が変わってるが」

ダイニングルームの前で小さく呟き、多賀谷はプッと噴き出した。

逞しい体軀に目を惹く容姿、落ち着いた雰囲気をまとっていながら、身に着ける小物は妙に甘ったるくて可愛らしいものばかりだ。スワロフスキーで飾られたノートパソコンに、レースやフリルのついたハンカチ、可愛いらしいキャラクターのキーホルダーなど、黒いスーツには不似合いでしかない。

いよいよ空腹に耐えきれずダイニングルームに入ると、多賀谷はすぐリビングルームに目をやった。實森が組み立てたケージの中で、子ネコがボールを相手に遊ぶ姿を認めると、勝手に口許がゆるんでしまう。

子ネコは新しい環境を恐れる様子もなく、毎日少しずつ成長しているようだった。

「少しは構ってみたらどうです？　いつまで経っても馴れてくれませんよ」

ぼんやり子ネコを眺めていると、實森が調理の手を止めずに話しかけてきた。

「お前もしつこいな。一切かかわらないと言ったはずだ」

ムッとして言い返しながらも、ついつい視界の端で子ネコの姿を追ってしまう。

「意地を張ってもいいことはありませんよ」

實森は溜息交じりに呟くと、多賀谷を席につくよう促した。

「さあ、出来上がりました」

實森がコンロの火を止め、焼き上がった玉子焼きを器用に巻き簾に受けとる。そして、やんわりと包むようにして成形すると、信楽焼の角皿にそうっと盛りつけた。どうやら出汁巻き玉子を作っているらしい。

プロの料理人のような慣れた手つきに、多賀谷は思わず見入ってしまう。

「料理は目と耳、そして鼻への刺激で何倍も美味しく感じるそうです」

多賀谷の視線に気づいていたのか、玉子焼きの横に大根おろしを添えながら實森が話を続ける。

「先生、だんだん寝起きがよくなってきた自覚はありませんか?」

「まあ、そんな気がしないでもないが……」

素直に認めるのはなんとなく嫌で、多賀谷は曖昧に答えた。

「寝起きに五感を刺激することで、すっきり目が覚めるという情報を見つけたので、この数日間試していたんです」

實森はにっこり笑って打ち明ける。

「ちゃんと効果があったようで何よりです。しかも今朝は、わたしが声をかける前に起きてこられましたよね。こんなこと、二日目の朝以来じゃありませんか」

實森の言うとおり、多賀谷は寝起きがすこぶる悪かった。もともとベッドから出るまでに一時間近くかかっていたくらいだったのに、今朝はすぐにベッドを離れることができた。

「たまたまじゃないのか」

すっかり手玉にとられているようで、多賀谷はまたしても天邪鬼な返事をしてしまう。

しかし實森はそんな多賀谷を気にするふうもなく料理を運んできた。

「さあ、先生。冷める前に召し上がってください」

吐き出せない苛立ちに悶々《もんもん》としていた多賀谷だったが、テーブルに並べられていく料理を目にした途端、重苦しい感情などすぐに吹き飛んでしまった。

湯気を立ち上らせるプルプルとした出汁巻き玉子に、少し塩が吹いた紅鮭《べにざけ》、赤出汁の味噌汁の具材はなめこと豆腐、そこに刻んだネギが浮いている。ほんのり赤く染まったごはんは、押し麦や黒米などをいっしょに炊いた雑穀米だ。ほかに温野菜サラダが添えられていた。

多賀谷の口内にじわりと唾液が滲み、喉が勝手に上下する。

「糠漬《ぬかづ》けもいい具合に漬かっていますよ」

言いながら出された小鉢には、スライスされたきゅうりと人参、そして、透けるように淡いグリーンの野菜が盛られていた。

元の形を想像できないまま、翡翠色《ひすいいろ》をした野菜の糠漬けに箸を伸ばすと、すかさず實森が説明してくれた。

「それはセロリです。オリーブオイルと黒胡椒《くろこしょう》をかけると美味しいですよ」

「セロリの糠漬けに、オリーブオイル？」

食にあまり興味のない多賀谷には、まったく味の想像がつかない。

「以前、お仕事をさせていただいたモデルさんたちに差し入れたことがありますが、とても好評でした」

實森がファッション誌で働いていたことを思い出しながら、セロリにオリーブオイルと黒胡椒をまとわせて口に運ぶ。

「あ」

シャキシャキとした歯ごたえとみずみずしさが広がって、多賀谷は思わず實森の顔を見やった。

「美味しいでしょう？」

満足そうに言って番茶が入った湯飲みを多賀谷の前に置くと、實森はキッチンへ戻って片づけを始めた。

同居を始めてから、實森が多賀谷と食事をともにしたことは一度もない。多賀谷が食べ終えるまで、ひたすら給仕に徹している。

「なあ。お前は、いつ食べてるんだ？」

どうして急にこんなことが気になったのかわからないまま、實森の背中に問いかける。

「ご心配いただかなくても、きちんと三食食べています」

意外にも、素っ気ない答えが返ってきた。

「それより、先生。今日は午前中から打ち合わせの予定が入っています。のんびりしている時間はありませんよ」

肩越しに振り向くと、實森は子供に言い聞かせるみたいに言った。

――なんだ、コイツ。人がせっかく気にしてやったのに。

若干、苛立ちを覚えつつ、多賀谷はごはん茶碗《ぢゃわん》に手を伸ばした。

紅鮭の身をほぐして一口頬張ると、すかさず雑穀米を口に運ぶ。白米しか食べたことがなく、最初は雑穀米に抵抗を覚えた多賀谷だったが、押し麦のプチプチした食感や黍のほんのりとした甘さがすっかり気に入っていた。

紅鮭の少し強めの塩味が、いっそう食欲を駆り立てる。セロリ以外の糠漬けも素材の味がしっかり残っていて、独特の匂いもあまり気にならない。赤出汁の味噌汁はコクがあって、なめこがツルッと口の中へ滑り込んでくる感触が面白かった。

ひととおり味を確かめたところで、ひそかに楽しみにしていた出汁巻き玉子に手をつける。箸で切り分けると、そこから湯気がふわりと上がり、出汁がじゅわっと溢れ出た。添えられた大根おろしにほんの一滴醤油《しょうゆ》を垂らし、ふわふわプルプルの出汁巻き玉子といっしょに口に放り込む。軽く歯を立てた瞬間、甘い出汁が口内に溢れると同時に卵の風味が鼻腔に広がった。

「……う」

美味い——と言いかけて、慌てて奥歯を食いしばる。

監視生活を受け入れたといっても、それはあくまでも仕方なくであって、納得したわけではない。まして、實森の手料理で懐柔されたと思われるのは絶対に嫌だ。

多賀谷は自然とゆるみそうになる頰を気にしながら、終始無言で食べ続けた。

けれど、實森の料理を口に入れた途端、本能的に「美味い！」と身体が反応し、勝手に口角が上がってしまう。

——くそ。なんで……こんなに美味いんだよ。

料理に罪はないとわかっていても、つい、心の中で悪態を吐いてしまう。

これまで食べることに興味もなければ、味の良し悪しすら気にしたことなどなかった。

それなのに、實森のせいで食事のたびに経験したことのない感動を味わわされ、多賀谷は腹が立つやら悔しいやらで、複雑な心境に悩まされている。

「……ふう」

汁椀に残った味噌汁を一気に飲み干し、満腹感に溜息を吐く。そして、胸の中で「ご馳《ち》走様《そうさま》でした」と呟いたところで、キッチンから實森が声をかけてきた。

「よほど、お口に合ったようですね」

表情を崩さずに食べていたつもりだったのに、實森には多賀谷の感動がしっかり見抜かれていたらしい。

「糠漬けまできっちり完食とは、料理人冥利に尽きますね。無言でひたすらガツガツ召し上がっている姿を拝見していると、胸がすくようでした」

黙々と料理を平らげていく自分の姿が、實森の目にどう映っていたのかを知って、多賀谷は思わず声をあげていた。

「ち、違う……っ。ガツガツなんてみっともない食べ方はしていない。それに、食事中は私語を慎むものだだろう」

やや早口で言い返すと、實森が嬉しそうに表情を崩した。テーブルに両手をつき、じぃっと多賀谷を見つめてくる。

「そうですね。ガツガツという表現は言いすぎでした。ただ、お箸を休めることもなく夢中で食べていただけて、とても嬉しかったものですから」

言葉どおりに受け止めればいいのに、何故か嫌みっぽく聞こえる。

「夢中で……って、勝手に決めるな。時間がないと言うから少し急いだだけだ」

實森が相手だと、どうしてこうも余裕がなくなってしまうのだろう。

美味しかったと本音を口にできなくても、せめて給仕への労いの言葉をかけてやれたなら、少しはアルファとして体面も保てたはずだ。

何を言っても素直に聞き入れず、反論ばかりする多賀谷に対して、實森もきっと笑顔の下で苦々しく思っているに違いない。

「すみません。わたしが急がせてしまったのですね」

實森が申し訳なさそうに頭を下げる。

「ですが――」

すぐに姿勢を戻すと、まっすぐに多賀谷を見下ろして先を続けた。

「締め切り前や時間に余裕がないときならまだしも、ふだんから無言でひたすら食べるだけというのは、食事の時間をないがしろにしているともいえませんか」

「……は？」

何を言っているのかわからず、多賀谷の思考が一瞬、停止する。

「失礼を承知で言わせていただきます。食事中の私語は慎むものという考え方は時代遅れも甚だしい。先生がそんな前時代的な考えをされる方だとは、正直、驚きました。おそらく先生は躾の厳しい環境で、アルファらしくあれと育てられたのではありませんか？」

背筋を伸ばして滔々《とうとう》と話す實森の姿が、多賀谷の脳裏に母の姿を呼び起こさせた。

アルファらしく――。

魔法の呪文のごとく自身を縛りつける言葉に、多賀谷は金縛りに遭ったかのように身体を強張らせた。

「だとしたら、どうだと言うんだ？」

引き剝がすように實森から目をそらすと、落胆に溜息を吐く気配がした。

「食事は栄養を摂取するためだけではなく、コミュニケーションの場であったり、感性に刺激を与える機会でもあるとわたしは考えています。もちろん状況にもよりますが、他愛のない会話を楽しみながらゆったりと料理を味わい、心と胃袋を満たす——。食事というのはそういう大切なものだと思っているのです」

——会話を楽しみながらゆったりと料理を味わい、心と胃袋を満たす……。

そんなことを、多賀谷は誰からも言われたことがない。父のもとにいたころはもちろん、母とさえ食事中に言葉を交わしたことはなかった。アルファとはそういうものだと思い込んでいたのだ。

愕然としていると、不意に實森が多賀谷の顔を覗き込んできた。

「それから、今日の出汁巻き玉子は、我ながら会心の一品だったのですが」

「は……？」

キョトンとして見上げる多賀谷の視界の端で、濃茶から金へとグラデーションを描く長い髪が優しく揺れる。

「いかがでしたか？」

くっきりとした二重の瞳に多賀谷の顔が映るほど距離が近い。

「美味しかったでしょう？」

首を傾げて問う實森から有無を言わせぬ圧力を感じ、多賀谷は思わず首を上下させた。

「あ、ああ。びっくりするぐらい、美味かった」

告げるつもりのなかった言葉を、唇が勝手に紡ぐ。

次の瞬間、實森が花開くような満面の笑みを浮かべた。

「そう言っていただけてホッとしました。先生ははっきりした濃い味つけがお好みのようですが、素材の味を活かした料理の美味しさも知っていただきたかったのです。練習した甲斐がありました」

ほんの数秒前まで緊張感を漂わせていたのが嘘みたいに、實森は無邪気に喜んでいる。

「毎日きちんと食べてくださるし、表情がパッと変わるので、お口に合っているのだろうと思ってはいましたが、ようやくはっきり『美味しい』という言葉が聞けて本当に嬉しいです」

實森が顔をくしゃくしゃにして笑う。いつも穏やかな笑みをたたえている實森だったが、こんなに感情を爆発させた笑顔ははじめて見た。

眩しい太陽を思わせる朗らかな笑顔から、どうしてだか多賀谷は目が離せない。

「できたら今後も、正直な感想を聞かせていただけるとありがたいです。励みにもなりますし、もっと先生に食事を楽しんでいただきたいので」

よほど嬉しかったのか、實森の頰はほんのりと赤く上気していた。

食事を褒めるだけで、こんなに嬉しそうな顔をするのか。

母と暮らしていたころに、料理の感想を求められたことはない。手の上げ下げ、箸の使い方など注意されるばかりだった。だから多賀谷は幼いころからいつも、アルファらしく、人に馬鹿にされないよう、食事中も気を張っていたのだ。

「……うん、わかった」

實森の笑顔と言葉を前にして、胸に優しいぬくもりが広がるのを感じながら頷く。

すると、實森が惚《とぼ》けたふうに呟いた。

「今日は雨でも降るんですかね」

「……は？　天気予報は晴れだって」

窓の外を眺めると、真っ青な空が広がっていて、雨が降る気配はどこにもない。

「違いますよ」

實森の声がいつにないくらい機嫌よく聞こえるのは何故だろう。

「先生があんまり素直だから、ちょっと言ってみただけです」

ふだんの事務的なイメージは欠片も感じられない。愛想笑いとも違う、眩しい笑顔を前にすると、どうしようもなく嬉しいなんて……。

「あとで、そのひどい寝癖も直さないといけませんね」

實森が盛大に跳ねた多賀谷の髪を指先で摘まむ。

直後、多賀谷は原因不明の動悸《どうき》に襲われた。カッと顔が熱くなって、目の前でチカチカと小さな星が瞬く。全身が粟立ち、腹の奥にかすかな疼きを覚えた。

「放せ」

自分の身に何が起こったのかわからないまま、多賀谷は乱暴に實森の手を払った。そして、動揺を覚られまいと俯いて椅子から立ち上がる。

「だったら、シャワーを浴びてくる。寝汗で身体がべたべたして気持ち悪いんだ」

實森に背を向けて告げると、逃げるようにバスルームへ向かう。

「では、あとでバスローブを出しておきますね」

投げかけられた声に、多賀谷は答えられなかった。

慌ただしくパジャマを脱ぎ捨てバスルームに逃げ込むと、頭から冷水を思いきり浴びる。火照った肌はすぐに冷えていくのに、實森の笑顔はいつまで経っても多賀谷の脳裏から消えてくれなかった。

あんな奴の笑った顔が嬉しいなんて、どうかしている。

仕事相手としては優秀でも、自分を監視する面倒な存在にほかならない。

それなのに——。

たった十日ほどで實森に対する感情が変化し始めていることに、多賀谷は驚きを隠せない。自分の意識が変わったのか、それとも實森が様々な表情を見せるようになったせいだろうか。明らかに、多賀谷は實森を受け入れ始めていた。

「違う……。あんな種なし野郎なんか……」

そのとき、どうしようもなく腹の奥が疼いた。

覚えのある感覚に、多賀谷は思わずしゃがみ込む。

「嘘だろ？　抑制剤を飲んだばかりなのに——」

實森にこのバスルームで性器を慰められてから今日まで、自慰すらしてこなかったせいだろうか。明らかな発情の兆しに多賀谷は困惑するばかりだ。

腹の奥で燻ぶる熱を乱暴かつ事務的な手遊びで解き放ち、シャワーで排水溝へ押し流す。

「……周期が狂ってるのか？」

発情期のフェロモン過多という症状こそあれ、周期が狂ったことは過去に一度もなかった。他人との同居というイレギュラーが、身体になんらかのストレスを与えているのかもしれない。多賀谷は風呂から上がると、念のためにもう一錠だけ抑制剤を服用した。

きつい副作用が出る可能性があったが、オメガだとバレるよりいい。

どうにか落ち着きをとり戻してリビングルームへ戻ろうとしたとき、今まで聞いたことがないような實森の叫び声が聞こえてきた。

「すごいっ！　信じられない……」

いったいどうしたのかとリビングルームに急ぐと、スマートフォンを手にした多賀谷が廊下に飛び出してきた。

「あああ……っ、先生！　大変です！」

ひどくとり乱した實森の目には、うっすら涙が浮かんでいる。

「うるさいな。なんの騒ぎだ」

實森の混乱する姿を目のあたりにしたせいか、かえって多賀谷は冷静でいられた。

「す、すみません。でも……びっくりしてしまって」

實森は乱れた息を整えるかのように、何度も胸に手をあてて深呼吸する。

やがて興奮が静まると、實森はバツが悪そうな顔で多賀谷をリビングルームに促した。

そして、向かい合って腰を下ろすなり、真剣な面持ちで口を開いた。

「先ほど編集長からお電話がありまして……。というか、びしょ濡れじゃないですか」

髪から雫を滴らせる多賀谷に今になって気づいたのか、實森は慌てて飛び出していった。

そしてバスタオルを手に小走りに戻ってくると、多賀谷の背後に立ってタオルドライを始める。傍らには、ドライヤーとブラシも用意されていた。

「おい、話の途中だろう？」

いきなり髪を乾かし始めた實森に呼びかけると、背後から「あ」と声が聞こえた。

「そうでした。すみません。どうやらわたし、かなり混乱しているようです」

實森のこれまでになく狼狽《うろた》えた姿が、多賀谷の好奇心をくすぐる。

「もったいぶっていないで、さっさと言え」

「えっと……先生のデビュー作ですが、舞台化の企画がとおったんです」

髪をタオルで拭う手を止めず、實森が興奮に上擦った声で打ち明ける。

「今さら、あの話を……？」

思ってもいなかったことに、多賀谷は思わず實森を振り返った。

もう九年も前の作品だ。そんな古い作品を何故、今になって舞台化しようというのか、多賀谷にはまったく理解できない。

實森ほどではないが、多賀谷も驚きに首を傾げる。

すると、實森がタオルからドライヤーに持ち替えて、訥々《とつとつ》と話し始めた。

「実はわたし、先生がデビューされる前からのファンなんです」

予想だにしていなかった告白に、多賀谷は声を失う。

——今、コイツなんて……言った？

「二谷書房に入社後、機会があるたびにあの作品の舞台化について、企画を出し続けていたんです」

實森が自分のファンだったことにもびっくりしたが、まさかそこまで思い入れがあったとは、多賀谷はにわかに信じられない想いがした。

「最初は上層部もティエラプロも、まったく相手にしてくれませんでした。そもそもわた

し は部署違いでしたから。それに、内容的に役を担った俳優さんたちのイメージ問題や、バース性を否定する部分が客に受け入れられにくいなどといった理由で、ずっと却下され続けて……いた……っ」

實森が語尾を震わせたかと思うと、ドライヤーの音に交じって洟《はな》を啜《すす》る音が聞こえた。

「先生の担当になるとわかったとき、思いきってもう一度企画を提出したん……」

——え、泣いてる……のか？

まさかという想いに目を瞬かせていると、とうとう實森の手が止まる。

ドライヤーの音が虚しく響く中、多賀谷はそうっと後ろを振り返った。

「……っ」

すると、實森がカウチの背もたれに右手を置いて、涙を流す姿が飛び込んできた。切れ長の双眸から大粒の涙をポロポロと零し、肩を揺らして泣きじゃくっている。

「おい……。泣くほどのことじゃないだろう？」

三十をすぎた大人が人目も憚《はばか》らず号泣する姿を、多賀谷ははじめて見た。いつも凜とした佇まいを見せている實森のあられもない泣き顔を前にして、なんと言葉をかければいいのかわからない。

「だって、先生……っ」

何かのキャラクターが描かれたハンカチで、實森はしきりに涙を拭う。

「役者が演じることで、より登場人物たちの台詞や心情がっ……観客に届くと思ってた……んです。もう、諦めかけて……たのに、ふっ……うぅ。嬉しい……嬉しいんです」

大きな身体を震わせて感情を爆発させる姿は、下手をすれば滑稽でしかない。

けれど、泣いて喜ぶくらい、實森は多賀谷の作品を愛してくれているのだ。

そう思うと、今日まで書き続けてきてよかったという想いが込み上げてくる。

「きっと、舞台化をきっかけに……先生の作品の素晴らしさに、より多くの人が気づいてくれるはず……です」

泣き腫らした目を細め、實森が眩しく微笑む。

「よかったですね、先生っ！」

目に大粒の涙をたたえ、鼻は何度も拭ったせいで真っ赤になっている。それでも、實森の笑顔を、多賀谷はとてもきれいだと思った。

「べつに舞台化なんて、珍しくもないだろ」

なんていうことはないとばかりに言って、多賀谷は頬を綻ばせた。

「え？　先生……もしかして、笑ってます？」

突然、實森が右目の涙を拭いながら、顔を近づけてくる。

ハッとして、多賀谷は咄嗟に實森に背を向けた。

「お前が子供みたいに泣いて喜ぶから、可笑しくて呆れただけだ」

背中越しに言い放ち、そそくさと立ち上がってその場を離れようと足を踏み出す。髪はもうすっかり乾いている。出かける前に、服を着替えるだけでいいはずだ。

廊下に出ると、實森がリビングルームから顔だけ覗かせて声を張りあげた。

「先生！　舞台化のお話、受けてくださいますよね！」

嬉々とした声を聞いていると、なんだか胸の奥がざわついて仕方がない。けれど、けっして悪い気はしなかった。

「好きにしろ」

寝室の前で立ち止まると、多賀谷はゆっくり顔だけ向けて答えた。

「ありがとうございます！　編集部とティエラプロに早速連絡をしておきます」

満面の笑みとともにそう言うと、實森はすぐに客間へ姿を消した。

「なんだよ、アレ。まるで自分のことみたいに喜んで……」

客間の扉が閉じるのを見届けてから、小さく吐き捨てる。そのくせ、頬が勝手にゆるみそうになるのをどうやっても我慢できない。

「そんなに、嬉しいものか？」

今まで多賀谷を担当してきた編集やマネージャーたちも、重版がかかったり映像化が決まるとそれなりに喜んでいた。しかし、涙を流して全身でその喜びを表現した者はいない。

多賀谷の長年のファンで、自分が持ちかけた企画だから、實森はあそこまで喜んだのだろうか。それにしても、涙を流して泣くなんて大袈裟《おおげさ》だ。

『よかったですね、先生っ！』

だが、少女みたいに瞳をキラキラさせて喜ぶ實森の姿を思い出すと、少なからず嬉しいと感じられた。

「でも、まあ、アイツが喜ぶなら……」

扉のノブに触れたところで、ハッと気づく。

「いや、アイツのためじゃない。あくまでも、仕事として受けるってことで……」

ふと胸に湧いた気持ちに戸惑い、誰もいないのに言い訳じみた言葉を口にする。

そうして、仕事部屋に入ると派手に音を立てて扉を閉めたのだった。


それから数日経ったある日の午後、多賀谷は實森とともにティエラプロモーションの会議室にいた。

舞台化の話がトントン拍子に進み、最初の打ち合わせが行われることになったのだ。

多賀谷虹のデビュー作舞台化は業界でも話題となり、有名な演出家や脚本家が我先にと手を挙げたという。主演はティエラプロモーションに所属する新進気鋭の若手俳優が起用され、ほかの登場人物は大がかりなオーディションを実施して決めることになった。

打ち合わせには、多賀谷と實森のほか、ティエラプロモーションの社長と役員たち、二谷書房の関係者や演出家と脚本家、そしてメインスポンサー企業の社長が顔を揃えていた。

メインスポンサーは海外にも支社を置く大手IT企業で、社長は多賀谷の大ファンだという。複数の企業に声をかける前に、数億の出資を申し出たらしい。

「では、オーディションの日程等、詳細が決まり次第ご連絡を差し上げます」

打ち合わせというよりは、関係者の顔合わせといった程度のもので、この日は一時間程度で散会となった。

「おい」

数人との挨拶を済ませた多賀谷は、企画発案者という立場から進行役を務めていた實森に歩み寄って声をかけた。

「はい。どうされましたか、先生」

實森は資料などを片づけながら、ティエラプロの役員と立ち話をしていた。

「ちょっと外す。すぐに戻るから」

トイレにいくため声をかけると、實森が「わかりました」と言って頷く。

用を済ませてトイレから出ようとしたところへ、スポンサー企業の社長が入ってきた。

「ああ、多賀谷先生」

たしか樋口《ひぐち》といっただろうか。見るからにアルファといった美形だが、實森ほど長身でもなければ男ぶりも下がる。それに、身に着けた成金趣味のアクセサリーから、たかの知れた男だと多賀谷は決めつけていた。三十代で父である前社長から会社を引き継いだというが、その手腕はまだ未知数だと實森も話していた。

「今日は、お疲れ様でした」

樋口は入口に立ち塞がったまま、慇懃に頭を下げる。

しかし、多賀谷は返事することもなく樋口を睨みつけた。低姿勢な態度をとりつつも、樋口が値踏みするような目で自分を見ていたからだ。同じような目を、多賀谷はこれまでに何度も向けられてきた。

「打ち合わせ中はほかの者もいてあまり話せなかったので、よかったらこのあと食事でもどうかと思ってね」

樋口がじりじりと多賀谷との距離を縮めてくる。

「悪いが次の予定がある」

まがりなりにも相手はスポンサーだ。とりあえず最低限の返事だけすると、多賀谷は樋口の脇をすり抜けようとした。

「じゃあ、そのあとでもいい。星付きのレストランで先生の作品について話しませんか」

しかし、樋口は多賀谷の腕を摑んで、執拗に食い下がってくる。

多賀谷は顔も見ないまま、淡々とした口調で樋口に告げた。

「あいにく、しばらくは仕事が立て込んでいる」

それでも、樋口は諦めない。

「売れっ子作家だからといって、スポンサーにそんな態度をとっていいのか」

絵に描いたような悪役ぶりに多賀谷は嘆息する。こんな男に金を出してもらってまで、舞台化を進めたいとは思わなかった。

「金と見た目しか取り柄のないバカ息子社長と飯を食うほど、俺は暇じゃない」

言い捨ててから、脳裏に實森の顔が浮かぶ。

――アイツ、怒るだろうな。

そんなことを思っていると、樋口がいきなり多賀谷をタイルの壁に押しつけようとしてきた。両腕を掴んで体重をかけてきたところへ、多賀谷は咄嗟に足払いをかける。

「うわぁ……っ！」

バランスを崩した樋口が声をあげて尻もちをつく。

多賀谷は手洗い器に駆け寄ると、手で汲《く》んだ水を思いきり樋口にかけてやった。自分も水に濡れるが、構わず水を撒き散らす。

「な、何する……っ！　やめろ……」

ずぶ濡れになって激怒した樋口が、立ち上がって殴りかかってくる。

「たかが作家のくせに、いい気になりやがって……っ」

運動神経には自信があったが、殴り合いの喧嘩《けんか》なんてしたことがない。

樋口が放った右の拳を瞬時に避けたが、濡れた床に足をとられた隙を衝かれ、腹に一発喰《く》らってしまう。

「……い、たっ」

痛みに膝をついたところへ、外から人が駆け込んできた。

「多賀谷先生！」

實森の声だ。

「おい、どうした？　なんの騒ぎだ」

どうやら二人が言い争う声を聞いた誰かが、人を呼んだのだろう。實森に続いて騒動に気づいた野次馬が数人、トイレを覗き込んできた。

「なんでもない。ちょっとした事故みたいなものだ」

多賀谷に騒ぎを大きくする気はない。適当に誤魔化そうとするが、樋口は違ったらしい。

「おい、多賀谷……。オレにこんな恥をかかせて、ただで済むと思うなよ」

使い古された捨て台詞を吐くと、樋口は人垣を掻き分けて立ち去った。

「大丈夫ですか？　びしょ濡れじゃないですか」

實森が多賀谷に近づくなり、花柄のハンカチをとり出して濡れた顔や髪を手早く拭う。

「とにかく、場所を変えましょう」

實森は自分のジャケットで多賀谷を頭からすっぽり覆うと、肩を抱いて立ち上がらせた。そして、野次馬を蹴散らすようにしてトイレを抜け出す。

エレベーターに向かって歩き出すと同時に、多賀谷は實森に腕を解くように言った。

「一人で歩ける。放せ」

「いいえ、駄目です。先生はもう少し人目を気にしたほうがいい」

緊張を感じさせる實森の声に、多賀谷はハッとして周囲を見まわす。すると、スマートフォンをこちらに向ける人々の姿が目に入った。

「べつに、写真や動画を撮られたって……」

目立つことにも、写真を勝手に撮られることにも、もうすっかり慣れてしまった。それをSNSで根も葉もない噂といっしょに拡散されることにも——。

「わたしが嫌なんです」

やや足を速めながら實森が言う。

「アルファなら、人に注目されて当然だろ」

やがてエレベーターに乗り込むと、實森は苛立ちをあらわにした。

「アルファだからといって晒し者になっていいはずがありません。わたしにとって先生は、神様みたいな存在なんですよ」

意表を衝く答えに、多賀谷はまじまじと實森の顔を見上げる。

POSTCARD

STAMP HERE

1 0 1 - 8 4 0 5

東京都千代田区
神田三崎町2-18-11

二見書房
シャレード文庫愛読者 係

通販ご希望の方は、書籍リストをお送りしますのでお手数をおかけしてしまい恐縮ではございますが、**03-3515-2311までお電話くださいませ。**

＜ご住所＞ □□□-□□□□	
＜お名前＞	様

＊誤送を防止するためアパート・マンション名は詳しくご記入ください。
＊これより下は発送の際には使用しません。

TEL		職業／学年
年齢　　代	お買い上げ書店	

Charade 愛読者アンケート

この本を何でお知りになりましたか？

1. 店頭　2. WEB（　　　　）　3. その他（　　　　）

この本をお買い上げになった理由を教えてください（複数回答可）。

1. 作家が好きだから（小説家・イラストレーター・漫画家）

2. カバーが気に入ったから　3. 内容紹介を見て

4. その他（　　　　）

読みたいジャンルやカップリングはありますか？

最近読んで面白かったBL作品と作家名、その理由を教えてください（他社作品可）。

お読みいただいたご感想、またはご意見、ご要望をお聞かせください。

作品タイトル：

ご協力ありがとうございました。

お送りいただいたご感想がメルマガに掲載となった場合、オリジナルグッズをプレゼントいたします。

「お前、本当に……俺のファンだったのか？」

實森からファンだと打ち明けられ、多賀谷も嬉しく思っていた。けれど、心の奥底で信じきれずにいたのだ。

「もしかして疑っていたんですか？　わたしの一世一代の告白だったのに」

ショックを受けて悲しそうに顔を歪めるのに、多賀谷もさすがに申し訳なくなった。

「本当に先生のことを尊敬しているんです。だから、今回の同居においてもできる範囲で先生のご意思を優先したいし、お力になりたいと考えているんですよ」

真摯な眼差しを向けられて、多賀谷は今度こそ實森の言葉を信じてみようと思った。それと同時に、心が少し軽くなった気がして、柄にもない冗談を口にする。

「そんな作家に向かって『クズ』とか、よく言えたもんだな」

實森だって公衆の面前で自分を肩に担いだくせに――とは、口に出さなかった。

「正直、先生とはじめてお会いしたときは幻滅しましたよ」

實森がわざとらしく溜息を吐く姿に、何故か胸がちくんと痛む。冗談だ、本心じゃないと思うのに、悲しくなるのはどうしてだろう。

そのとき、エレベーターが地下の駐車場階に着いた。扉が開くと数人が立っていて、實森はすかさず多賀谷の顔をジャケットで隠す。

そうして、駐車場へ続く廊下を歩き出すと、實森が静かに口を開いた。

「先生の作品に出会ったのはまだ学生のころでした。硬質で、けれどどことなくあたたかみのある文章や含蓄深い台詞の数々から、作者のことを人生経験が豊富な人格者だと想像していたんです……」

……勝手な想像だな。

ジャケットの下で、多賀谷は自嘲に顔を歪める。

すると實森がジャケットの中を覗き込み、多賀谷に穏やかな眼差しを向けた。

「でも、先生に挨拶させていただいてすぐに気づきました。自分が見ていた多賀谷虹は、ただの偶像だったのだと」

どういう意味かと首を傾げると、實森は楽しそうに目を細める。

「以前先生が受けたインタビュー記事をわたしはよく覚えています」

そんなものまで読んでいたのかと、多賀谷は驚きを新たにしつつ實森の話に耳を傾けた。

「お酒はショートカクテル、コーヒーは家でも豆から挽《ひ》いたオリジナルブレンド、甘いお菓子は苦手で、ふだんからかっちりした服装を好む——とありました」

黙って聞いているうち、多賀谷はいたたまれない気持ちに陥っていく。

「それらは全部嘘……。本当は下戸で、飲むとしても甘いロングカクテル。コーヒー豆を自分で挽いたことはないし、お菓子を定期購入するほど大の甘党。おまけに部屋着はくたびれたジャージやスウェット……」

いくら本当のことでもここまで悪し様に言われると、さすがに腹が立ってくる。

「おまけに、ひどい猫舌で味覚もまるで子供。ファンが本当の先生を知ったら、どんなに残念がることか……」

「理想と違っていて、残念だったな」

多賀谷はぶっきらぼうに言い返した。

「最初に先生にお会いした時点で、そういう問題はクリアしています。それに、多賀谷虹がどんなダメ人間であろうが、作品に罪はないと言ったはずです」

實森は最初からそう言っていた。そして、それはずっと変わらない。多賀谷がクズ作家だと知っても、ファンとして尊敬しつつ、担当編集兼マネージャーとして支えてくれている。

「だが、俺のことはクズだと思っているんだろう?」

アルファらしく振る舞わなくては……と気を張っていたが、實森の前で無理にとり繕う必要はないのかもしれない。

「いいえ。最初はそう思っていましたが、今は違います」

きっぱり断言すると、實森は晴れ晴れとした顔で多賀谷を一瞥した。

「作品の中では雄弁に登場人物の感情を表現されるのに、自分の感情は上手く表に出せないだけだと、先生を間近で見ていて気づいたんです」

ずっと誰にも言えない本音を抱えていることを、實森は察してくれているのだろうか。

「作品と作家は別物だと言いましたが、わたしは、先生は作品そのままの人なんじゃないか……と思うようになりました」

もしかすると實森は、作品に込めた多賀谷の本心や願いを、感じとったのではないだろうか――。

そう思った瞬間、多賀谷は胸が締めつけられるような切なさを覚えた。そして、顔が熱くなって鼓動が速まる。

――なんだ、コレ。

発情の症状に似てはいるが、腹の奥が疼く嫌な感覚はない。

「先生の我儘も生活力がないところも、実はわたし、とても人間らしくて素敵だな……と思っているんですよ」

優しく肩に触れた手のぬくもり、そして鼓膜を震わせる穏やかな声が心地よくて、ついうっとりと瞼《まぶた》を閉じてしまう。

ずっと、こうしていたい……。

そんな想いが頭に浮かんだところで、ようやく駐車場に着いた。時間帯のせいか、それともタイミングか、駐車場に出入りする車はほとんどなく人気も感じられない。

「もう、隠れている必要はなさそうですね」

實森がジャケットを脇に抱え、多賀谷の濡れて乱れた髪を手櫛《てぐし》で梳《す》く。

「そういうのはいらないから、早く車を出せ」

多賀谷は實森の手から逃れると、見つけた赤いロードスターに駆け寄ったのだった。

その後、軽快に大通りを走り抜ける車内で、實森が思い出したように口を開いた。

「樋口社長のことは、後ほど上層部と相談して対処することになると思います。スポンサーにはほかからも申し出を受けているので、先生はどうか心配なさらないでください」

「わかった」

頷きつつも、もっと上手く対応すればよかったと、多賀谷は自分の至らなさを省みる。

「だが、あのときお前がすぐにきてくれて……正直、助かった」

アルファに本気で襲われたら、いくら男の多賀谷でも力では敵わない。ましてアルファフェロモンで抑えつけられたら、衆人の前でオメガだとバレてしまうところだった。

恐ろしい想像に、濡れた身体に悪寒とは違う震えが走り抜ける。

「先生には災難な出来事だったと思いますが、わたしはそうでもなかったですよ」

不安に震える多賀谷に気づかないまま、實森は楽しそうに話す。

「先生から『助かった』なんて言っていただけるとは……。一瞬、空耳かと思いました」

そのとき、多賀谷ははじめて、自分が礼を告げていたことに気づいた。

「俺だって……礼ぐらい言うことだってある！」

気恥ずかしさに、ついぶっきらぼうに言い放つ。

すると、實森がふわりと口許を綻ばせた。

「ふだんからこれぐらい素直だと、わたしも助かるんですけどね」

多賀谷が態度を急変させたことに、實森も何か感じるところがあったのだろうか。気を悪くすることもなく、すぐにいつもの調子で多賀谷を揶揄ったのだった。

そうしてマンションへ帰りつくなり、多賀谷はバスルームに閉じこもった。

心配する實森を「構想に集中したいから邪魔するな」と言って遠ざけ、ぬるい湯にぼんやりと浸かる。

「どうなってるんだ？」

助手席に座っている間、實森の横顔を見るたびに胸の高鳴りが抑えられなかった。

樋口に襲われたところを、助けてもらったせいだろうか？

髪に触れた指を意識して恥ずかしくなったかと思えば、払ったはずの手のぬくもりを名残惜しく思うなんて、自分が違う人間になったようで恐怖すら覚える。

これまで散々遊んできた相手の誰にも、こんな気持ちを感じたことはない。

それこそ、母にさえも——。

「なんで、アイツだけ……」

同居生活に慣れはしたが、心を許したつもりなんて欠片もなかった。

けれど多賀谷は、自分でも意識しないうちに、實森をテリトリーに迎え入れていたことに気づいている。

「……ダメだ」

バスタブの中で膝を抱えると、多賀谷は唇を戦慄かせた。

素直に實森を受け入れられたら、幼いころに心にぽっかり空いた穴を、少しは埋めることができるだろうか。

けれどそうすれば、自分がゴミ以下のオメガだと打ち明けることに繋がりかねない。

實森は性別で差別するような人間ではない。

だが、純粋でまっすぐな實森のことだ。

多賀谷が嘘を吐いていたと知ったら、きっと軽蔑するだろう。

たとえそばにいられなくなったとしても、嫌われることだけは避けたいと思った。

「しっかりしろ」

いつの間にか、すっかり気が抜けていたと気づく。

人に心を許すことは、己の身の破滅に繋がる。

今までと同じように、ただ、アルファを演じ続ければいいだけだ。

多賀谷は開きかけていた心の扉をしっかりと閉じ、鍵をかけたのだった。

【五】

数日後の朝、食事を終えた多賀谷は、カウチに腰かけて本を読むふりをしながら、實森と子ネコが戯れる様子を盗み見ていた。

「おはよう。子ネコちゃん。昨夜はよく眠れたようですね」

實森が声をかけると、まるで返事をするみたいに「みゃー」と鳴く。

「お腹が減ったのではありませんか？　すぐに用意しますから待っていてください」

實森は子ネコをケージに戻すと、ハーフアップに結んだ髪を揺らしながらいそいそと餌の準備を始める。

「随分と甘やかすんだな」

「相手は口の利けない動物なんです。心を砕いて接してやるのが当然です。それに、子ネコの世話をするよう命じたのは先生じゃありませんか」

正論を真っ向から言い返されて、多賀谷はぐうの音も出ない。

細かいフレーク状の餌を陶製の器に盛りつけ、實森はそっと置いてやった。

すると子ネコが待ってましたとばかりに餌に食らいつく。

多賀谷はカウチから腰を浮かせると、子ネコが夢中になって餌を食べる様子を眺めた。

子ネコはときどき勢いあまって餌に頭を突っ込みそうになった。

「そんなに慌てなくても、とり上げたりしませんよ」

ケージの前に膝をついて優しい眼差しを向ける實森に、多賀谷は質問を投げかけた。

「なあ。お前、ネコを飼ったことがあるのか？」

すっかり打ち解けた様子を見せつけられて、実はちょっと嫉妬しているなんて口が裂けても言えない。

「いいえ。ただ短い間ですが、ペットを扱う雑誌にかかわったことがあります。そのときにいろいろ教わったり、調べたりした経験が少し役に立っているようですね」

楽しげに子ネコの世話をする實森を見ていると、本当に元アルファなのだろうかという違和感が胸に広がる。

抑制処置を受けたといっても、人格までが変わってしまうわけではない。今、子ネコに向けている表情や優しさは、生来のものなのだろう。

だとしたら、多賀谷が知っているアルファとはまるでかけ離れた存在に思えた。

ヒエラルキーのトップに位置するアルファが、たとえ仕事であったとしても、他者に尽くしたり思いやったりすることはない。その相手がオメガともなれば、アルファは下僕か所有物のように接しさえする。

しかし、實森は相手の性別で態度や考えを変えたりしないようだ。アルファにもオメガにも、そして子ネコにすら平等に接する。

もし、實森がアルファのままでいたなら、きっと番ったオメガをさぞ大事にしただろう。

そのとき、子ネコが激しく甘えた声で鳴いた。

「鳴いてもおかわりは出ません。もう終わりです」

實森は子ネコをそっと左手で持ち上げると、汚れた顔や前脚を丁寧に拭い始めた。子ネコは四肢をじたばたさせながら、短い鳴き声をあげている。

活発に動く子ネコの姿に興味を惹かれ、多賀谷はとうとうカウチを離れて實森の横に立った。ふと見れば、子ネコの白い腹がはち切れんばかりに膨らんでいる。

「はい。キレイになりましたよ」

實森が蕩《とろ》けそうな顔で、子ネコに頬擦りをした。

その表情に多賀谷は一瞬で目を奪われる。息もできないような胸の痛みと、高鳴る鼓動は、先日、ティエラプロからの帰りに感じた症状と同じだ。もしかして、身体のどこかが悪いのだろうか。それとも、発情期の乱れによる症状の一つかもしれない。

静かに深呼吸をしていると、子ネコを抱いた實森が声をかけてきた。

「どうしました？」

「あんまり鳴くから、気になっただけだ」

咄嗟に言い訳を口にすると、實森がにやりと笑う。

「この子に興味などないと言っていましたよね？」

冷たい声で嫌みを返されて、多賀谷は思わずムッとした表情を浮かべた。

「そんな顔をするぐらいなら、素直に触りたいと言えばいいじゃないですか」

「俺はべつに……」

どうしてだか、實森の前でポーカーフェイスを保てなくなっている。必死にとり繕おうとするが、意識すればするほど表情筋が言うことを聞いてくれない。

「ところで、先生。いい加減、この子の名前をつけてくださいませんか」

「お前がつければいいだろ」

「そうはいきません。子ネコに名前をつけるのも企画の一つなんです。一応、今回の企画は『多賀谷虹、ネコを飼う』と銘うたれています。せめて名前は先生につけていただかないと。それに、この子だっていつまでも名なしの権兵衛じゃ可哀想ですよ」

實森の言うとおりだと思う。

けれど――。

多賀谷はチラッとリビングの天井近くにとりつけられたカメラに目をやった。

「あれって、もう撮影しているのか?」

「いいえ。基本的には先生が子ネコの相手をするときだけという契約ですから、今はまだ回っていません。それと、先生がどうしても撮られたくないときなどは電源を切ってもいいことになっています。ティエラプロとしても、先生のプライベートをすべて明け透けにするつもりはありませんから」

そう聞いて、多賀谷はほっと胸を撫で下ろした。

「できたら、雑誌の顔出しも減らしてほしいところだけどな」

「顔出しを減らしたら、子ネコの名前、考えてくださいますか？」

實森がそう言って、多賀谷の目の前に子ネコを差し出す。

子ネコの大きくて丸い瞳が、不思議そうに多賀谷を見つめていた。

「そんなこと、急に言われても……」

お腹がいっぱいになって眠くなったのか、子ネコが大きな欠伸をする。ピンクの舌と白くて小さい尖《とが》った歯が見えて、多賀谷は胸をきゅうっと締めつけられる想いがした。

「満更でもない……って顔、ですね」

「え？」

不意を衝く指摘に頬のあたりが熱くなるのを感じた。それを誤魔化すかのように、多賀谷は慌ててそっぽを向く。

「俺はアルファだぞ。たかがネコに甘い顔を見せるなんて——」

すると、實森が聞こえよがしに溜息を吐いた。

「アルファがネコを可愛がってはいけないなど、どこの誰が決めたのです？」

子ネコを抱き寄せると、見せつけるように首許を撫でたり頬擦りをしたりする。

「愛しいものを愛しいと思ったり、触れたい、可愛がりたいと思う気持ちに、性別や年齢など関係ありません。もしかして、先生が勝手にアルファとしての見栄を捨てきれずにいるのではありませんか」

「どういう、意味だ？」

子ネコが實森の胸に顔を埋めて喉を鳴らした。自分には見せたことのない子ネコの態度に、多賀谷は嫉妬を覚えずにいられない。

「わからないなら、遠慮なく言わせていただきます」

實森は腹話術師が人形を抱くように子ネコの顔を多賀谷に向けて抱き直した。

「頭が固いにもほどがあります！」

子ネコの右前脚で多賀谷を指すと、珍しく眦を吊り上げて大声で怒鳴った。

唖然として立ち尽くす多賀谷に構わず、さらに早口で捲し立てる。

「先生がこの子にメロメロなのは、収録中からバレているんです。それなのに変な意地張って、格好悪いことこのうえない！」

言い終えて一息つくと、實森はスッと表情を変えた。眦の下がったゆるみきった笑顔で子ネコを見つめ、容姿とはまるで不釣り合いな幼児言葉で語りかける。

「多賀谷ちぇんちぇは、お馬鹿な天邪鬼さんでちゅね〜」

「な、なん……。いま、馬鹿……って言った」

いきなり変化した實森の口調に呆気にとられる。しかも、面と向かって「馬鹿」なんて罵られたのは生まれてはじめてだ。

「先生。アルファも人なのですから、欠点や失敗の一つや二つあるのが当然です。誰もが振り返る美しさと素晴らしい才能があっても、性格がめちゃくちゃ悪いクズみたいなアルファ作家だっているのですから」

唖然としていた多賀谷だったが、「クズみたいなアルファ作家」と聞いて、ゆっくりと顔を上げた。

「それは、俺のことか？」

「おや、ご自覚がありましたか」

實森が薄く目を細める。

「お前……っ」

臆面もなく馬鹿にされて、人なんか殴ったこともないのに右手を振りかぶっていた。激しい怒りと羞恥に、感情も行動も制御できない。

「その調子だにゃ」

次の瞬間、目の前を子ネコのぷっくり膨らんだ腹が視界を遮った。

「え……っ」

虚を衝かれ、何が起こったのかわからないまま目を白黒させる。振り上げた拳のやり場に戸惑っていると、子ネコの向こうから實森の顔がヌッと現れた。

「正直に打ち明けますと、先生の作品だけでなく、その美しい容姿にも魅入られているんです。白い肌に煌《きら》めくアースアイ、淡々とした言葉遣いや感情を出さないクールビューティな一面も謎めいていてとても魅力的です。ですが……」

いったい何を言い出したのかと、多賀谷はなかばパニックに陥っていた。

ただ、極上のアルファらしい容姿をもつ實森に散々に褒められ、顔どころか全身が熱くのぼせて眩暈《めまい》がしそうだ。

「今みたいにちゃんと感情を顔に出さないと、心のバランスが崩れて、いつか本当に感情を失いかねません」

動揺のあまり、多賀谷は表情をとり繕うことも忘れていた。

「う、うるさいっ！　人を揶揄うのも……っ」

声を荒らげて言い返そうとしたところへ、實森がふたたび子ネコを多賀谷の前に差し出してきた。

「完璧でなくても、多少性格に難があっても、思ったこと、感じたこと、言いたいことをちゃんと顔に出す先生も、人間らしくて素敵だと思います」

實森はそう言って強く握った右手を大きな手でそっと包み込むと、もう一方の手で子ネコを支えて、多賀谷の腕に押しつけるようにして抱かせる。

「この子と仲よくなりたいなら、素直にそう言えばいいんです」

「あ、え？　ちょっと……」

ふわふわ、くにゃくにゃとした、まるで軟体動物みたいにやわらかい身体に、多賀谷はあたふたと慌てるばかりだ。

そんな多賀谷に不安を感じたのか、子ネコがカットソーに爪を立てて暴れる。

「なぁ。これ、どうすれば……」

「落ち着いてください。先生が不安だと、この子も不安になります」

實森が左手を多賀谷の手に添えたまま、右手で子ネコの小さな額を撫でた。

すると、子ネコはしばらく居心地悪そうにしていたが、やがて気持ちよさそうに目を細めて喉を鳴らし始めた。

「大丈夫そうですね」

「……喉が、グルグル鳴ってる」

子ネコの体温とふもふした手触りに、多賀谷は言葉にならない幸福感を覚えた。うっとりと目を瞑って喉を鳴らす姿を見ていると、ずっとこうしていたい気持ちが溢れてくる。

それと同時に、このぬくもりに慣れてしまうのが怖いと感じた。

「では、わたしは出かけてきますので、先生はこの子とお留守番をしていてください」

「え、俺一人でコイツの面倒をみるのか？」

大声をあげそうになって、多賀谷は子ネコを抱いたままだったことを思い出す。

「俺は、世話なんかしないって言ったはずだ」

「ええ。ですから、ご褒美が欲しくはありませんか？」

實森の的外れな返事に、多賀谷は首を傾げた。

「このところ、執筆は前倒しで進めていただいていますし、悪い遊びもすっかりなくなって、そろそろご褒美が必要ではないかと考えていたんです」

そう言うと、實森はカウチの背もたれにかけていたジャケットを手にとり、ポケットから一枚の広告をとり出して見せた。

「あ、その物産展……っ！」

子ネコを抱いたまま、多賀谷は思わず身を乗り出す。

「こちらで開催されている北海道物産展に出展しているパティスリーの、本日限定オリジナルガナッシュ。先生に召し上がっていただきたいと思っているんですが」

實森が見慣れた意地の悪い笑みを浮かべて言った。

「だったら、二人でいけば……」

「わたし一人でいくなら、買ってくると言っているんです」

どうあっても、子ネコを押しつけるつもりなのだろう。多賀谷が黙っていると、實森はさっさとジャケットを着て出かける準備を始める。

「本当にいくのか？」

「開店と同時にいかないと、売り切れてしまいますから。あ、先生は子ネコの名前、ちゃんと考えておいてくださいよ」

けっして、子ネコと二人きりになるのが嫌なわけじゃない。ただ、いっしょにすごす時間が増えると、それだけ情が湧いてしまう。

「では、いってまいります。何かあったら連絡をくださいね」

實森はそう言い残すと、本当に出かけていってしまった。

しんと静まり返ったリビングルームで、多賀谷はしばらく子ネコを抱いたまま立ち尽くしていた。留守番をしていろと言われても、何をどうすればいいのかわからない。

「どうする、お前？」

顎の下を指先でくすぐると、子ネコがまるで返事をするように「にゃあ」と鳴いた。

「とりあえず、おもちゃで遊んでみるか？」

多賀谷は子ネコを床に下ろすと、おもちゃが入った箱から猫じゃらしを手にした。そして、カウチに飛び乗って丸くなる子ネコの前で、猫じゃらしをひらひらさせてみる。

けれど、子ネコは興味を示すものの、いっこうにじゃれつく気配がなかった。それどころか、自分のしっぽを追いかけて、グルグルとカウチの上で暴れ出す。

「實森とは遊ぶくせに、どうして俺だとダメなんだ？」

文句を口にしつつも、一心不乱にしっぽを追いかける子ネコを眺めるだけでも心が癒やされるようだった。

多賀谷は床に座ると、カウチの座面に腕を組んで顎をのせた。

ときどき、猫じゃらしで誘ってみるが、子ネコは知らん顔だ。

そうするうち、子ネコはカウチの背もたれによじ登り始めた。小さくて鋭い爪をレザーに立てて懸命に上を目指すが、少し登ってはずるずると滑り落ちてくる。

「お前、結構やんちゃだな」

多賀谷はレザーが爪で傷つくのも気にせず、子ネコが遊ぶ姿を見守り続けた。過去の自分なら、子ネコをすぐにケージに閉じ込めて、自分だけの時間をすごしていただろう。

「やっぱり、変わったのは……俺か」

實森とすごす日常の中、多賀谷の意識は確実に変化しようとしている。

子ネコはやがてカウチ登山を諦めたのか、今度は多賀谷の腕や髪にじゃれついてきた。

「なんだよ、お前。今度は俺を登るつもりか?」

多賀谷が指を揺らすと、子ネコが勢いよく飛びかかってくる。

「ははっ、いいぞ。その調子だ。ほら、こっちだ」

手を前後左右、上下に振って子ネコと遊ぶうち、多賀谷はふと、自分が声をあげて笑っていることに気づいた。

「ふ、ふははっ。お前、すごいなぁ」

声に出して笑ったのは何年ぶりだろう。まだ異国の父のもとで、何も知らず暮らしていたころ以来だろうか。アルファと偽り、自分を殺して生きるうち、多賀谷は心から笑うことを忘れてしまっていたのだ。

「困ったな」

子ネコにじゃれつかれながら、多賀谷は目に涙を浮かべた。

「どうせ、企画が終わったら……お前を返さなきゃいけないのに——」

子ネコの名づけを拒んだのは、どうせ手放すとわかっているのに、情が湧くと困ると思ったからだ。

自分を晒し、人と深く付き合うことを、多賀谷はいつのころからか恐れるようになった。離れがたく思うくらい情を交わした挙句、別れたり捨てられたりしたら、母のように心を病んでしまうのではないか——。

もちろん、アルファだと偽っていたことも原因の一つではあったが、一度得た幸福を失う恐怖に囚われて、人との付き合いを避けてきたのだ。

「だから、悪いがお前に名前をつけてやれないんだ」

遊び疲れたのか、子ネコが多賀谷の腕の中で大きな欠伸をした。そして、四肢を放り出してくたりと横になる。

「なんだ、眠くなったのか？」

目を閉じて細い鉤《かぎ》しっぽをゆらゆらと揺らし、すっかりリラックスしている。

「可愛いな」

「にゃうん」

子ネコがまるで多賀谷の声に答えるかのように鳴いた。

「ふふ、言葉がわかるのか。すごいな、お前」

ぼんやり、子ネコが主人公の物語を書いてみたいなどと思う。

もうすぐ発情期がくるのに、子ネコとのんびりしている自分が信じられない。

でも、今日ぐらいは、何も考えず子ネコと戯れたっていいんじゃないか。

どうせいつか、こんな幸せであたたかな時間は失われる。子ネコも、實森も、自分のそばからいなくなってしまうのだから――。

子ネコはいつの間にか、眠ってしまったらしい。白い腹を大きく上下させている。

多賀谷もまた強烈な眠気に襲われながら、何度も欠伸を噛み殺した。

夜もしっかり眠れているのに、日中、やたらと睡魔に襲われるようになっていた。

飲みすぎた抑制剤の副作用だろうか。

「駄目だ、眠い」

多賀谷は無意識に子ネコへ手を伸ばすと、小さな身体を胸許へ抱き寄せた。

子ネコはハッとして目を丸くしたが、意外にも嫌がる素振りを見せない。

「ちょっと、休け……ぃ」

胸の中で丸くなる子ネコのぬくもりを感じつつ、多賀谷はゆっくりと意識を手放した。


カウチに座ってうとうとしていると、扉が開いて實森が戻ってきた気配がした。

「ああ、眠ってしまったんですか」

そうするうちに、實森の声がゆっくり近づいてくる。

「こうしていると、まるで天使のようですね」

その直後、實森の気配が消えた。キッチンから物音が聞こえる気がするが、まったく違う音かもしれない。やがてカウチが軋む音とともに、そばにあった小さなぬくもりが遠ざかった。

「みゃうん」

「先生がよく眠っているので、お前は寝床に戻ってくれますか?」

頭上から子ネコと實森の声が聞こえてくる。

——なんだ。夢か……。

そう思ったとき、ふたたび實森の声が聞こえた。

「先生は本当にミステリアスで不思議な人ですね」

甘く掠れた声が徐々に近づき、やがてすぐ耳許に囁きかけてくる。

「いったいどうやって、あんなに美しくて切ない物語を書き綴ることができるのか、いつか教えてください――」

まるで愛の告白めいた台詞に続いて髪を優しく撫でられると、夢だというのに多賀谷は堪らなくなった。

「あなたのためなら、本当に、なんでもして差し上げたいと思っているんですよ」

もう何度も繰り返し告げられた言葉が、耳に直接注ぎ込まれる。鼓膜が震え、やがてその振動は全身へと広がり、多賀谷の心臓を高鳴らせた。

「あ……」

息苦しさを覚えて半分ほど瞼を開くと、ぼんやりした視界に實森が映し出される。

「いい……ゆめ、だな」

隣に腰かけた實森が、いつも子ネコに向けるような甘やかな眼差しで自分を見つめていた。

なんだか無性に嬉しくなって、多賀谷は實森の肩にこつんと額をくっつける。すると、いつも實森が愛用しているシャンプーの匂いがした。

「先生?」

気遣うような呼びかけに、つい、甘えたくなる。

どうせ夢なら、思うまま手を伸ばしてもいいだろうか。

多賀谷はそうっと實森の身体に腕をまわした。

「……いて、いくな」

そして、掠れた声で呟き、きつくしがみつく。

「先生、怖い夢でも見たんですか？」

實森が大きな手で、多賀谷の背中を摩ってくれる。

夢なら見てる。今、とても幸せな夢だ。

「眠いなら、寝室へお運びしましょうか？」

問いかけに、多賀谷は無言で首を小さく振った。どこにもいかないでほしいし、どこにもいきたくはない。實森に触れていると、心に空いた穴が小さくなっていくようで、ずっとこのまま夢の中にいたいとさえ思う。

すると、實森は多賀谷の上体を膝に抱き、むずかる子供をあやすみたいに頭をぽんぽんと撫でてくれた。そして、そのまま多賀谷の股間に触れてくる。

「あっ」

声をあげてはじめて、多賀谷は自分の性器が勃起していることに気づいた。

「先生、もどかしいのですか？」

少し色気を帯びた声は、まるで甘い誘惑そのものだ。

多賀谷は微睡の中ゆっくり脚を開くと、實森の手に股間をぎこちなく擦りつけた。

夢ならば、何も恥ずかしくない。誰に憚ることなく、自分を曝け出せる。

「また抜いて差し上げましょうか」

一度、實森の手で慰められた記憶と快感が蘇る。

多賀谷はぼんやりと瞼を開けると、虹色の瞳で實森を見つめた。

「もっと、ネコ……にするみたいに、優しく撫でろよ」

そう言うと、唇を窄《すぼ》めて拗ねた顔を見せつける。

「アイツだけ……ズルい」

子ネコへの嫉妬心を隠さず告げて、實森の太腿に頬を擦りつけた。

「まったく、とんでもない豹変ぶりだ」

實森が困ったように首を傾げて溜息を吐く。

「あとで怒ったって、わたしは知りませんよ」

癖のある髪を掻き分けて耳に囁かれたかと思うと、おろしたてのスウェットパンツに手がかけられ、下着ごと一気に太腿あたりまで脱がされる。

コットンのカットソーはそのままに、股間だけを露出させた姿は、實森の目にどう映っているのだろうか。

すると、實森が健気にそそり勃つ性器に触れた。同時に、カウチの背もたれと尻の間に手を突っ込んで、やわやわと肉を揉みしだく。

前と後ろを同時にまさぐられて、多賀谷は小さく喘ぎを漏らした。

「あぁ……」

バスルームで触れられたときとは比べようのない快感と興奮が多賀谷を包む。まだほんの数分触れられただけなのに、性器はローションをまとったかのように濡れていた。

「あ、あっ……ぅ、ん」

實森が性器を扱くリズムに合わせて、多賀谷は子ネコみたいな喘ぎを漏らす。鼻にかかった甘い声が、自分のものだなんて夢でも信じられない。

性器から溢れ出した先走りが尻にまで伝って、實森の手もヌルヌルしている。實森の手を浅ましい体液で汚したのかと思うと、背徳的な快感を覚えて背筋がゾクゾクと震えた。

そのとき、實森が指先に先走りをまとわせ、尻の谷間に滑り込ませた。

「あっ」

誰にも触れさせたことのない部位への刺激に、多賀谷は背中を大きく反り返らせる。

反射的に腰を引こうとしたところへ、さらに奥の窄まりを實森が濡れた指で探った。

「は、ぁ……んっ」

予期せぬ鮮烈な快感が多賀谷を襲う。全身をビクビクと痙攣させて嬌声を放つと、連動するように實森の手の中で性器が体積を増した。

「ばかっ、そんなとこ……触っ……」

嫌々と首を振って訴えるが、多賀谷の意思とは裏腹に、小さな窄まりは實森の指を中に引き込もうと蠢《うごめ》く。

「ココを誰かに弄られたことは？」

實森らしくない下品な質問を投げかけられると、それだけで全身が恥辱に震える。腰が勝手に揺れるばかりか、甲高い嬌声を絶えずあげ続けた。實森が触れる場所すべてが性感帯になったみたいに、何をされても気が変になりそうなくらい気持ちがいい。

「い、ぃ……。すごく、気持ち……いい」

夢なのに、妙にリアルで強すぎる快感に、多賀谷の目からとうとう涙が流れ落ちた。

「もぉ……駄目、だめ……おかしくな……る」

「感じているなら、素直に身を任せてください」

カウチの上で快感に淫らに喘ぐ多賀谷を、實森がじっとりと熱を孕《はら》んだ目で見つめる。額に汗が滲んで、長い髪が貼りついているのは、少しは實森も興奮しているからだろうか。

多賀谷は身も世もなく喘ぎながら、一度だけ間近に見た實森の性器を思い浮かべた。太く逞しい幹に血管が浮き上がった様子を想像するだけで、腹の奥がじくりと疼くようだ。

「……あ」

そのとき、多賀谷の鼻腔を甘い香りがくすぐった。それとほぼ同時に、下腹部から異様な熱が発せられ、全身に汗が噴き出す。

「う、そ……だ」

肌が粟立ち、どんどんと濃くなっていくフェロモンの匂いに、多賀谷の意識は微睡から否応なしに現実へ引き戻された。

「先生、どうされたんですか？」

すぐそばで呼びかけられて、多賀谷は啞然となる。

「なんで、お前が……」

さっきまでの甘い幸福感に満たされた行為は、夢ではなく現実だったのだと思い知る。

「なんで……って、先生が――」

明らかに情欲を孕んだ眼差しで、實森が恨めしそうに多賀谷を見返す。それも当然だろう。ついさっきまで、愛撫を強請《ねだ》って甘えていた相手が、突然態度を豹変させたのだ。

多賀谷はカウチの座面をそろそろとあとずさると、恐る恐る實森に尋ねた。

「お前、何も感じないのか……」

多賀谷ははっきりと自分のフェロモンを感知している。身体の芯は焼けそうなほど熱いのに、指先が凍えるように冷たい。間違いなく、発情の兆候だった。

「えっと、それはどういった意味でしょうか？」

どうやら實森は多賀谷のフェロモンを感知していないらしい。

「いや、わからないなら……いい」

多賀谷は冷汗を拭いながら、こっそり胸を撫で下ろした。

だが、安心はできない。このまま本格的な発情が始まったら、さすがに誤魔化しが利かないだろう。一秒でも早くこの場を立ち去り、抑制剤を服用する必要がある。

多賀谷は黙ったままそそくさと服の乱れを整え始めた。

「あの、先生……」

すると、實森が困惑の表情で呼びかけてきた。

「もしかして、これは……わたしが寝込みを襲ったということになるのでしょうか」

いつになく自信がなさそうに俯く。

「寝起きの先生があんまり可愛らしかったので、わたしもつい……その、調子に乗ってしまった部分が、ないとは言えないような……」

乱れた髪に、汗ばんだシャツ、そしてほんのり上気した肌からは、いまだ熱が冷めていない様子が窺える。

「お前は悪くない。俺が寝惚けていつもの調子で誘っただけだ」

多賀谷はできる限り平静を装うと、ふだんと変わりない口調で告げた。

「慣れないネコの相手で疲れた。少し眠る」

そう言うとゆっくりカウチから立ち上がり、焦りを気どられないように歩き出す。

「あの、限定ガナッシュはどうされますか」

實森が思い出したように問うてきた。

「あとで食べる」

振り向くことなく肩越しに答えると、實森に強い口調で呼び止められる。

「先生、待ってください」

まさか、気づかれたのだろうか。多賀谷は足を止めると、ごくりと喉を鳴らした。

「なんだ」

わずかに振り向くと、實森がスッと立ち上がって微笑みを浮かべる。その頬が強張って見えるのは気のせいだろうか。

「子ネコの名前は、考えてくださいましたか?」

いつの間にかケージに戻されていた子ネコを一瞥して、多賀谷はおもむろに口を開く。

「名前なんか必要ない。ネコはネコで充分だ」

そう言い捨てると、多賀谷は静かに寝室へ向かった。

多賀谷の発情はヒート化せず、抑制剤を服用して数時間後には、しっかり抑え込むことができたのだった。

【六】

表向きは何もなかったような顔をしつつ、多賀谷はいつ訪れるとも知れない発情期に怯えながら日々を送っていた。

あのとき無意識に實森を誘った理由が、いくら考えてもわからない。たしかに最近上手く劣情を発散できていなかったが、元アルファの實森を誘うなんてことはあり得なかった。

そのせいか、日が経つにつれて實森のことを妙に意識するようになっていた。

しかし、悶々としている多賀谷に反して、實森はどこ吹く風といった様子だ。仕事と割り切って多賀谷に触れたのなら、たしかに気にする必要はないのだろう。

だが、自分ばかりが悩んでいると思うと、悔しくて堪らない。

発情の兆しがはっきりと現れたこともあって、多賀谷は焦り始めていた。この前はまったく多賀谷のフェロモンを感知しなかった實森も、本当の発情——ヒートがくれば何が起こっているのか一目瞭然だろう。

そうなれば、アルファだと偽る多賀谷を、出版社や所属事務所はいっせいに訴えるだろう。それこそ、オメガ女優とのスキャンダルなど比ではないくらい、世間を騒がせることになる。

せめて、ヒートの間だけでも、實森を遠ざけることができたらと思う。だが、監視役でもある彼がそうそうこの部屋を出ていく理由など思い浮かばなかった。

台風の影響で大雨に見舞われた日の午後、リビングルームのローテーブルで作業していた實森が、ふと思い出したように多賀谷へ質問してきた。

「もうすぐ見本が刷り上がるそうです。こちらに届けさせる部数はどうされますか？」

ガラス張りの窓の外は、朝からずっと暴風が吹き荒れている。いつの間にか梅雨入りしていて、緑の濃さが増した木々の葉を、雨が叩く毎日が続いている。

多賀谷はダイニングテーブルに肘をつき、マグカップを満たす甘いカフェオレを一啜りして答えた。足許では、子ネコが腹を見せて居眠りしている。

「見本は、一冊あればいい」

自著は本棚に並べる一冊だけでいいと歴代の担当に伝えていたが、實森は知らなかったらしい。

「ご家族やご友人に送らなくてよろしいのですか？」

問いかけに、多賀谷は気怠るくリビングルームへ目を向けた。

實森は派手にデコレートされたノートパソコンを睨みつけて忙しくキーを叩いている。

デビュー作は母宛てに送ったが、なんの連絡もなかったことから以降はやめてしまった。

以来、各担当には無駄な見本は断っていた。

「引き継ぎもまともにできないのか」

早口でそう言うと、實森がハッとして顔を上げた。

「すみません。先生のお手許の分だけでよかったんですよね。失念していました」

多賀谷に向かって軽く頭を下げて、らしくないミスに溜息を吐く。

「仕事してくる」

多賀谷は短く告げると、子ネコが驚いて鳴き声をあげるのも無視して席を立った。

仕事部屋に入るなり、がっくりと項垂れて簡易ベッドに倒れ込む。

「……はぁ」

たった一口啜ったカフェオレが、喉の奥に甘ったるく絡みついているようで不快感が拭えない。

『ご家族やご友人に……』

気にする必要のない台詞にカッとなったのは、實森への嫉妬のせい。

苛立ちと焦燥に駆られ、咄嗟に嫌みを口にしたのは、ただの八つ当たりでしかない。

だいたい、實森の仕事ぶりに文句がつけられる編集やマネージャーなど、世界中どこを探してもいないだろう。それは多賀谷も身をもって知っている。

ただ、元とはいえ本物のアルファだった實森のそばにいると、自分は所詮、偽物でしかないのだと思い知らされ、惨めな想いに苛まれるのだ。

抑制処置を受けるだけの事情があるのだろうが、それでも、實森はきっと幸せな家族に囲まれて育ったに違いない。だからこそ、さらっとあんな言葉が出てくるのだ。

椅子に腰かけ、窓の外の曇天を眺める。

「家族に、友人か……」

それは、多賀谷にとって幻のような存在だった。

多賀谷の詳しい経歴は、二谷書房の社長や編集長、そしてティエラプロの社長にすら明かしていない。著者プロフィールでも、バース性と最終学歴である出身高校しか公表していなかった。

アルファだと公言するのは、社会的ヒエラルキートップにありながら、バース性を超えた恋愛や人情模様を書く作家として話題になるからだ。

それに、多賀谷にはアルファであると周囲に知らしめなければならない理由があった。

誰よりも優れたアルファであれ——。

遠い田舎に一人暮らす母に、成功した自分を見せつけるためだ。

「アイツには、一生……わからないんだろうな」

自分の心に正直に生きてきたという實森を、多賀谷は心の底から羨ましく思った。

大きな雨粒が激しく窓ガラスを叩くのをぼんやり眺めていると、ときおり、どこからか飛んできた木の葉が窓に貼りついては、すぐ風にあおられて飛ばされていった。

世間におけるオメガの存在意義など、あの木の葉ほどしかない。ましてアルファに捨てられたオメガの惨めさは、母に嫌というほど見せつけられてきた。

「いっそ、オメガも抑制処置が受けられたら、何か変わったかもな……」

アルファに対する抑制処置と同様の処置がオメガには確立されていないため、ひたすら抑制剤を服用するほか発情を抑える術がなかった。

多賀谷は机の引き出しを開けると、抑制剤をとり出して口に運んだ。このところ、数日おきに発情の予兆である発熱と、下腹部の疼きを覚えるようになっている。

抑制剤を噛み砕きながら、多賀谷は掠れた声で呟いた。

「頼むから、もう少しだけ待ってくれ……」

舌の根元と喉に痺れるような苦みが広がって、その不味さに勝手に顔が歪む。経験したことのない不安と焦燥が多賀谷を苛んだ。

よろよろと椅子に腰かけると、多賀谷はノートパソコンの上にがくりと突っ伏した。


翌日、台風一過のごとく青空が都心の上空に広がっていた。

リビングルームでサイン本を作っていると、洗濯カゴを抱えた實森が小言を言いながら現れた。子ネコがすぐに気づいて、その足許に身体を擦りつける。相変わらず、多賀谷には気が向いたときしか興味を示さない。

「先生。また靴下が丸まったままでしたよ」

多賀谷は知らん顔を決め込んで、サインを書き続ける。

「先生は自分に奉仕してくれる人への気遣いがまるで足りていませんね」

多賀谷は呆れた様子の實森へ、茶化すような口調で言った。

「気遣いなら、してる」

「は？」

實森が不満そうに声を漏らす。

「誠心誠意尽くすと言ったのはお前だ。だからわざと仕事を増やしてやってるんだ」

最初は鬱陶しくて仕方がなかったのに、實森と他愛のない言い合いをしていると、なんとなく気持ちが落ち着く気がする。少し前の自分なら、こんなやり取りをしたあとは、決まって感情が昂ぶって仕事が手につかなかった。

それ以前に、人との会話すらまともにする気がなかったと思う。

「俺と仕事するのが楽しみで、衣食住にこだわらず尽くすんだろ？　だったら喜んで靴下ぐらい広げろよ」

「まるで子供の言い訳ですね」

實森が盛大に溜息を吐いて、片手で子ネコを抱き上げる。

「ですが、ふらふら遊び歩かないでいてくださるだけで、とりあえず充分です。あとは、いい加減、子ネコに名前をつけてくださいませんか」

もうすっかり耳にタコができるほど聞いた台詞を残し、實森は子ネコを連れてあっさりリビングルームから出ていってしまった。

「なんなんだ、アイツ」

一人だけ仲間外れにされたような寂しさを感じるのは、どうしてだろうか。

「尽くすって言ったなら、もっと俺に構えばいいのに。ネコばっかり可愛がって……そんなにネコが好きなのか？」

ブツブツと独り言を呟くうち、そういえば、實森について何も知らないことに気づく。

多賀谷の担当になる前は、一人暮らしだったのだろうか。家族は何人で、兄弟はいるのだろうか。今回の多賀谷との同居について、どう考えているのだろうか。恋人や友人は？　ベータかそれとも、オメガだろうか。いや、アルファという可能性もあり得る。しかし、相手の性がなんであろうと、多賀谷は優しく接してきたに違いない。

アレコレ想像するうちに、多賀谷はふと物寂しい気分になった。

實森が世話を焼くのは、何も自分が特別だからじゃないと気づいたからだ。

「俺に尽くすのは、仕事だからか」

自虐的な言葉を口にすると、いっそう情けなくなる。

もし、友人として出会っていたら、はたして實森は今と同じように自分に接してくれただろうか。多賀谷が売れっ子作家でなくても……アルファじゃなくても、少しきつい口調で叱ったり、優しく髪を乾かしてくれただろうか……。

「……クズな俺なんか、きっと相手にされないな」

脳裏に、今まで見てきた實森の様々な表情が蘇った。冷たい笑顔も、意地悪な眼差しも、情欲を帯びた濡れた瞳も、多賀谷は不思議とすべて記憶している。

「なんだろうな、コレ」

こんな気持ちは今まで誰にも抱いたことがない。

ドキドキ、ふわふわとして頼りないのに、油断すると棘《とげ》のように胸を突き刺すこの感情を、多賀谷はどんな言葉で表現すればいいのかわからなかった。

「売れっ子作家が、聞いて呆れる」

自嘲の溜息を吐きながら、ふと、髪に触れる。

想像するのは、實森の器用な指先と、かすかに感じた体温だ。

「はぁ……」

悶々とした想いに、多賀谷は何度も溜息ばかりを繰り返した。

身体が熱っぽい。また、抑制剤を飲まなくては……。

はじめて経験する感情と、日々襲いくる不安の中、多賀谷は静かに瞼を閉じて、實森の優しい笑顔を思い浮かべた。

その日の昼食後、多賀谷は實森からおよそ受け入れがたい話を切り出された。

「お前、つきっきりで俺を監視するんじゃなかったのか？」

多賀谷は怒気をあらわに、キッチンで洗い物をする實森に言い募る。

ほんの三十分ほど前、實森が以前担当していたファッション誌の編集長から、撮影でトラブルがあったと電話が入ったのだ。

らしくなく感情を爆発させた多賀谷に、實森が困惑に眉を寄せる。

「先生のお怒りはごもっともです。ですが、わたしが顔を見せないことには、もうどうにもならない状況らしいんです」

實森が担当から外れたと聞いたモデルの一人が、癇癪《かんしゃく》を起こしてホテルに引きこもったというのだ。そもそも、實森の異動はかなり急だったらしい。

「だったらそんなモデル、追い返せばいいだろう」

多賀谷はほんの少し前まで、實森をどうにかして遠ざけたいと考えていた。ならばこの状況は渡りに船だろう。なのに、實森が多賀谷を放って、違う人間を担当すると思うと、どうしようもなく腹が立って仕方がない。

「それはできません。今回は彼女の特集号なんです」

聞けば、世界で活躍するアルファのセレブリティで、この機会を逃すと次のスケジュールを押さえられたとしても、十年以上も先になるという。

「企画の交渉時からすべてわたしが担当するという話だったんです。なので、わたしが現場にいないと聞いて『話が違う、仕事はしない』と——。つまり、こちらに責任があるんです。だから、どうしてもわたしが現地にいって彼女に謝罪をしなくてはなりません」

洗い物を終えた實森は、濡れた手をしっかりタオルで拭くと、多賀谷をリビングルームへ促した。

「お茶を淹れますから、あちらで話しましょう」

實森の言いたいことも、事情もわかる。それに、モデルの我儘もアルファ界隈《かいわい》でならよく聞く可愛らしいものだ。きっと實森が会いにいって少しチヤホヤしてやれば、モデルはすぐに機嫌を直すに違いない。

けれど、實森が自分よりモデルを優先したことが、多賀谷にはショックだった。

「言っておくが、お前の代わりがきても、この部屋には一歩も入れないからな。それに、ネコはどうするんだ？　餌もトイレも……」

カウチに座るなり早口で捲し立てると、實森が不意に笑みを浮かべた。

「それは、先生にお願いします。わたしが子ネコの世話をする様子を、先生は毎日観察していらっしゃいましたよね。きっと先生なら大丈夫です。信じていますから」

「そ、それは……っ！」

期待に満ちた目で見つめられると、負けん気の強さから「できない」とは言えなかった。

多賀谷の性格や感情を理解している實森に、上手く逆手をとられてしまった。

實森を忌々しく睨んだところで、状況を覆すことはできない。

「撮影期間は一週間の予定です。ですが、早く終われればすぐに戻ってきます。ですから、あの子と仲よくお留守番をしていてくださいませんか」

多賀谷の前に膝をつくと、實森はまっすぐ見つめて言い含める。

「駄目だと言ったら、駄目だ。そのモデルと俺のどっちが大事なんだよ！」

いい年をして、まるで駄々っ子だ。多賀谷の怒声に驚いたのか、向かい側のカウチで丸くなっていた子ネコが、悲鳴じみた鳴き声をあげて逃げ出した。

「先生、久しぶりに一人でゆっくりできると思って、どうか納得していただけませんか？だいたい、あんなに同居を嫌がっていたじゃありませんか」

子ネコを目で追いながら、實森が困り顔を浮かべる。

「そういう話をしているんじゃない。俺は……」

實森が顔を曇らせるのを見ていると、まるで自分が悪者になったような気分だ。

「まさか、嫉妬ですか？」

「――え」

多賀谷は耳を疑った。

「し、嫉妬……なんかじゃっ」

咄嗟に否定するが、顔が燃えるように熱くなる。實森に見つめられるだけで心臓がドラムロールを打ち鳴らし、全身の毛穴から汗が噴き出した。

「どうか、お願いします。先生」

多賀谷の手をとると、實森は何故か嬉しそうに微笑んだ。

「毎日必ず連絡を入れますし、現地のお菓子をたくさんお土産に買ってくると約束します。それに、何かあったら……いいえ何もなくても、いつでも連絡してください」

實森は瞬きもせず多賀谷の双眸を見据えると、これまで見たことがないような真剣な面持ちとともに口を開いた。

「どこで何をしていても、わたしはあなたの担当編集兼マネージャーです。どんな仕事よりも、先生が……多賀谷虹が一番大切だと宣言します」

握られた手から伝わるぬくもりが、ささくれた心にじんわりと染み広がっていく。

「先生を信じています。だから、先生もわたしを信じてくださいませんか」

實森の言葉の一つ一つが、多賀谷の胸を激しく揺さぶった。強い意志をたたえた漆黒の瞳には、揺るぎない自信が滲んでいる。

實森はただただ格好よく、それに比べて子供みたいに駄々をこねる自分が、多賀谷はひどく幼稚で恥ずかしく思えた。

「多賀谷先生」

實森が握った手にぎゅっと力を込める。

次の瞬間、多賀谷の全身に激しい痺れが走った。少し遅れて、腹の奥が疼き出す。

間違いなく、発情の兆しだ。

早く實森の手を離して、抑制剤を飲まなければ……。

そう思うのに、身体が言うことを聞いてくれない。

数秒の沈黙の後、多賀谷は声を絞り出した。

「……こ、今回だけだ」

「ありがとうございます。先生」

實森の笑顔が眩しくて、多賀谷はもう、まともに見ていられなかった。

繋いだ手から、實森が発情に気づかないことを祈る。

きっとすぐにでも、本格的な発情期に入るだろう。

一週間、實森が留守にするなら、かえって都合がいい。帰ってくるころには、発情期が終わっているはずだ。それなら、オメガだとバレずに済むかもしれない。

「やっぱりわたし、先生のことが大好きです」

そう言うと、實森はようやく手を離した。

「うるさい……」

そう言い返すのが精一杯だった。告げられた言葉に深い意味なんてないとわかっていても、胸が焼けるように痛んで、呼吸もままならない。

「それでは、先方に連絡して、すぐに支度を始めます。食事などの手配は済ませておきますので、あとで確認してください」

實森は急いで支度を整えると、夕方にはキャリーバッグを手に出かけていった。

玄関扉が閉じる音を確かめてから、多賀谷は實森のあとを追って廊下に出た子ネコを捕まえて抱き上げた。

「みゃう……」

「なんだよ。俺と二人きりじゃ不満か？」

廊下にポツンと佇みながら、嫌がる子ネコに頰を擦り寄せる。實森のぬくもりの代わりぐらいにはなるだろうか。

今日からしばらくの間、實森の手料理が食べられないと思うと気が重い。

でも、オメガだとバレることと比べたら、全然苦にならない。

それなのに、どうしてこんなに不安で寂しいのだろう。

「この部屋、こんなに静かで、だだっ広かったかな」

實森がいないだけで、まるで見知らぬ家のようにすら感じる。

「……やっぱり、いかせるんじゃなかった」

ポツリと本音が唇から零れ落ちた。

その瞬間、これまで實森とすごしてきた日々の情景が、一気に脳内に広がった。

優しい笑顔に、穏やかな声。器用で繊細に動く指。明るい髪を揺らして、楽しげに仕事をする姿、そして、上目遣いに多賀谷を見上げる漆黒の瞳——。

あの濡れた瞳で、ずっと自分だけを見ていてほしい。

「なんだよ。これじゃまるで……」

——アイツが好きみたいじゃないか……。

アルファらしくいようとするあまり、何も考えずに数多の人間と関係をもった。どれも性欲を発散させるためにその場のノリやゲームのような感覚で、相手を思って胸を切なくさせたこともない。

「みたい、じゃなくて……俺はアイツのことが——」

自覚した強い独占欲の意味なら、すぐにわかった。

實森が……好きなのだ。

「なあ、お前。今夜は俺のベッドで寝るか？」

しんと静まり返った廊下に、子ネコの甘えた声が切なく響いた。


その夜遅く、多賀谷はベッドの硬さに違和感を覚え、のそりと起き上がった。

暗闇に目を凝らすと、何故か自分の寝室ではなく、客間――實森のベッドで眠っていたことに気づく。いっしょにベッドに潜ったはずの子ネコの姿も見あたらない。

「なんで……?」

また寝惚けているのだろうか。

「とりあえず、部屋に戻ろう……」

ベッドから下りようとした多賀谷は、暗闇に慣れた目であたりを見まわした。すると自分の周囲に、實森がいつも身に着けている黒のジャケットやカマーベストが散らばっていた。ほかにも、派手で可愛らしいハンカチやベルベットのリボン、白手袋など、實森の私物が所狭しとベッドに集められている。

「これ……って、巣作り……?」

オメガがアルファの匂いがついた衣類などを集める行為は、発情期直前に見られるものだ。まさか自分が巣作りを――しかも實森の私物を集めるなんて予想していなかった多賀谷は、ベッドの上で愕然となった。

「だって、アイツは抑制処置を受けて……フェロモンもないはずじゃ」

そのとき、多賀谷は激しい胸の痛みに襲われた。直後、噎せ返るほどのフェロモンが溢れ出し、なんの刺激も受けていないのに尻の奥がじゅわっと濡れるのを感じた。

「う、そ……だろ」

過去に経験したことがない激しい発情が、多賀谷の意識を奪い、オメガというただの雌に変えようとする。

「あ、はぁ……っ。はっ、はぁ……どぅ……してっ」

不安と恐怖に身体を震わせつつも、多賀谷は實森のワイシャツに手を伸ばし、すんと鼻を鳴らして匂いを嗅いだ。

鼻腔に實森の淡い体臭が溢れ、多賀谷はたったそれだけで射精してしまう。絶頂の快感はいつもより弱く、性器より尻の奥での絶頂を身体が求めていた。

「いやだ……。こんなのは……知らない」

寝る前に抑制剤を服用したのに、まったく効果が感じられない。

多賀谷は實森のベッドの上でなす術もなく悶え続けた。

緊急用の抑制剤を打とうにも、自分の部屋に戻らないとならない。けれどもう、多賀谷の足はその役目を果たせそうになかった。全身を発情による興奮に侵され、座っていることさえできない。助けを呼ぼうと思ったが、スマートフォンも見あたらなかった。

「さ、ねも……り」

ただ、愛しいアルファの名を呼びながら、何度も絶頂を繰り返すばかり。

扉の向こうで、子ネコが心配そうに鳴き続けている。

しかしその声も、やがて多賀谷の耳に届かなくなってしまった。

何かあったに違いない。

【七】

翌日の早朝、實森はファッション誌の撮影現場を飛び出すと、アプリで予約したタクシーに飛び乗って空港へ向かった。

運転手に行き先を告げるなり、手にしたスマートフォンのリダイヤルボタンを押す。すぐに呼び出し音が繰り返されるが、相手はいっこうに出てくれない。

明るくなり始めた東の空を眺めて、實森は苦々しく呟く。

「先生……。どうして出てくれないんですか」

昨夜、十九時ごろに連絡を入れたとき、多賀谷は不機嫌そうではあったが変わった様子はないように思えた。

しかしそれ以降、多賀谷との連絡が途切れてしまったのだ。

不審に思った實森は、スタッフやモデルに事情を説明すると同時に頭を下げ、現場を途中で抜け出したのだった。

GPSで多賀谷の現在位置を確認したが出かけた様子はない。ティエラプロに連絡をしたが、すべて實森に任せると冷たくあしらわれてしまったのだ。コンシェルジュに部屋を確認してもらうことも考えたが、それもティエラプロに止められた。後々、騒ぎが大きくなることを懸念しているに違いない。それほど、多賀谷の置かれている状況は危ういということだろう。

――万が一、命にかかわるようなことが起きていたら……。

移動中、實森は吐き気をもよおすほどの不安に苛まれつつすごした。

やがてマンションに着くと、實森はコンシェルジュへの挨拶もそこそこにエレベーターに向かった。そこでふと、キャリーバッグを撮影現場のホテルに置き忘れてきたことに気づく。どれだけ自分が慌てていたのかを思い知るが、自嘲の笑みすら浮かばない。

エレベーターが最上階に到着して扉が開いた途端、實森の鼻腔を熟れた桃の匂いがかすかにくすぐった。

「先生の……アルファフェロモン？」

自身が感知するはずのない匂いに疑念が湧く。

實森の留守に乗じて、多賀谷が誰かを部屋に招き入れたのだろうか。

咄嗟に込み上げる怒りに、一連のロックを外す手が震える。

しかし、大きな玄関扉を開けた瞬間、予想外の状況に實森は啞然となった。

「……なっ」

濃密で甘い芳香が部屋中に満ちていて、實森は思わず鼻と口を手で塞いだ。鼻腔の奥が痺れ、涙腺が刺激されたのか涙まで滲んでくる。

「そんな。まさか、オメガの――」

實森はオメガの発情に遭遇した経験は一度もない。

しかし、瞬時に本能が、この甘く蠱惑的な匂いをオメガのフェロモンだと覚る。

抑制処置を受けた實森ですら、理性を手放してしまいそうな強烈な匂いに動揺しつつ、中へ足を踏み入れた。ただ息をするだけで甘い匂いに脳が侵され、酩酊《めいてい》したように足がふらついた。股間に血液が集まるのを感じつつ、壁に手をついてどうにか歩みを進める。

「先生っ！　實森です。今……帰りました！」

大声を張りあげるが、返事はない。

リビングルーム、そしてダイニングルームと覗いてみるが、多賀谷の姿は見あたらない。

やはり、寝室か仕事部屋にいるのだろうか。

しかし、多賀谷から絶対に入るなと命じられている。

朦朧《もうろう》とする頭を懸命に働かせていると、かすかに子ネコの鳴き声が聞こえた。

「ネコちゃん？　どこですか」

耳と目に意識を集中させ、子ネコの鳴き声を頼りに歩を進める。その間も、凶悪なフェロモンの影響に鼓動が速まり、息が荒くなって全身に汗が噴き出した。腰の奥が重く感じるほど疼いて、激しい性衝動が込み上げてくる。

「なぁ～ん」

そのとき、ふたたび子ネコの鳴き声が聞こえた。

ふと目を向けると、自分の私室にあてていた客間の前に子ネコが蹲《うずくま》っている。玄関から手前にあるリビングルームへ先に入ったため、気づけなかったのだろう。

「先生……っ」

客間の扉がかすかに開いているのを認めた瞬間、本能的な直感が走り抜けた。

気が変になりそうなほどの、濃密な蜜の香り。

もしこれが、多賀谷のアルファフェロモンでなく、どこの誰とも知れないオメガのものだとしたら——。

そんな考えが頭に浮かんだ途端、激しい怒りと嫉妬が實森の身体に満ち溢れた。

密度を増すばかりのフェロモンの匂いに、思考が乱されていく。息を吸うたび、胸がムカムカして気分が悪いのに、下半身が異様に興奮するのがわかった。

逸る気持ちに急かされるまま、ドアノブを握るなり勢いよく扉を開け放つ。

すると、目に見えないはずのフェロモンが濃霧となって實森を包み込んだ。

「うっ……」

噎せ返るようなフェロモンに思わず息を詰めた實森に、突然、ドン、と何かがぶつかってきた。そして、衝突の衝撃に耐えられなかったのか、そのままずるずると實森の足許に頽《くずお》れる。

「た、すけ……」

蚊の鳴くような声で助けを求める男に目を向けた實森は、その姿に目を疑った。

「せ、先生……」

多賀谷はワイシャツ一枚を羽織っただけで、下には何も着けていなかった。ボタンが全開になったワイシャツは汗と精液でぐっしょりと湿り、あらわになった股間では可哀想なくらい赤く腫れたペニスがそそり勃っている。いったい何度射精したのか、下腹部から太腿は白濁にまみれ、全身絵の具で染めたかと思うほど桜色に上気していた。

誰がどう見ても、発情中のオメガだ。

苦しげに浅い呼吸を繰り返す多賀谷を見下ろし、實森は思ってもいなかった現実に愕然として立ち尽くす。

「まさか先生が、オメガだったなんて――」

言葉にしても、まだ信じられない。

しかし、實森はすぐに気持ちを切り替え、自力で立てない様子の多賀谷を抱き上げた。

「これが、オメガのヒートか」

多賀谷が少しでも動くたび、濃密なフェロモンがぶわっと広がる。

念のため、ほかに誰かいないか部屋を見まわしたが、人影は見あたらなかった。實森はホッと胸を撫で下ろしつつ、空き巣に荒らされたような状態の部屋に気づく。クローゼットの扉や引き出しがすべて開けられ、ベッドの上には様々な服や雑貨など實森の私物が集められていた。

「もしかして、オメガの巣作り……？」

はたと思い至り、腕に抱いた多賀谷に目を向ける。はたして多賀谷が羽織ったワイシャツは、實森のものだった。

「どうして、わたしの服を？」

そんな疑問が頭に浮かんだ瞬間、多賀谷が肩に腕をまわしてきた。

同時に、毒々しいくらい甘い芳香が實森を包み込む。

「ほ……しぃ」

多賀谷はとろんとした眼差しで實森を見つめると、ゆっくり唇を押しつけてきた。

逃れようと思えば、顔を背けるだけで充分だった。

それなのに、實森は無言で口づけを受けていた。脳の奥が痺れて、何も考えられなかったのだ。

「アルファ……の匂い、する……」

甘く湿った声で囁くと、多賀谷は實森の首筋や顎、肩口の匂いを嗅いでいく。

「そんなはずはっ……」

狼狽える實森を、虹色の虹彩が見つめていた。甘いフェロモンはいっそう濃さを増し、實森の股間も限界まで張り詰めていた。

「欲しい」

喘ぐように囁く多賀谷の声に、實森は無意識に従っていた。自分の私物が積み上げられたベッドへ多賀谷を運ぶと、投げ落とすように横たえる。

「ああ……っ！」

小さくベッドの上で跳ねながら、多賀谷が歓喜の喘ぎを漏らした。淫らに曝け出された股間で、勃起したペニスが揺れている。

その、痛々しいほど腫れたペニスに誘われるようにして、實森は多賀谷に覆い被さった。

「駄目だ。こんな……」

頭の片隅に残った理性の欠片を手繰り寄せ、實森は唇を戦慄かせる。自分は多賀谷を助けるためにここにいるはずだ。

「いぃ、から……早く、抱いて」

多賀谷が悪魔のように囁き、實森の股間をそろりと撫でた。

次の瞬間、禍々しいほどの劣情になけなしの理性が掻き消され、硬く張り詰めたペニスが下着の中で早く出せとばかりに脈打った。

「はやく、ちょぉ……だい。俺の……中、いっぱいにして……っ！」

實森の股間を愛撫する手を止めることなく、多賀谷が浮かされたように繰り返す。

「なあ、頼む……から、コレ、挿れて……」

積極的という言葉ではとても言い表せないくらい、浅ましく實森を求めてきた。もどかしげにチノパンの前を寛げにかかったかと思うと、實森の太腿に脚を絡めて腰をくねらせながらペニスを擦りつけてくる。

「アルファ……の、種……ちょうだいっ！　はやく、はやくぅ……っ」

ふだんの多賀谷からは想像もできない淫らな表情に、實森は思わずゴクリと喉を鳴らす。

もう何も考えたくない。

ただ、目の前のオメガを、多賀谷を手に入れたいという欲求が實森を衝き動かした。

「ああっ！　くそ——ッ！」

頭の中で、張り詰めた糸が切れたような音が聞こえたかと思うと、次の瞬間、忘れたはずの本能が雄叫びをあげた。血が沸騰して、眉間がジンジンと疼く。脳内では、誰かの声が淡々と命令を繰り返していた。

犯せ。

それは、お前のオメガだ。

抱いて、犯して、孕ませろ——。

「……ああ、そうだ」

——コレは、わたしのオメガだ。

そのとき、何かが腑《ふ》に落ちた気がした。

と同時に、肌が粟立ち、全身に力が漲《みなぎ》るような感覚に包まれる。

「ん、んっ……。すご、い。フェロモン……いっぱい、出て……る」

多賀谷が恍惚《こうこつ》として實森を見上げる。はだけた胸許から赤く熟れた乳頭が覗き見えた。

「ああ……。美味しそうだ」

まるで自分のものとは思えない、情欲に濡れた声。

「は、やく、抱いて……お腹の中、アルファのでっかいちんこで、いっぱいにしてぇ……」

甘く濃密なフェロモンをこれでもかと発しながら、多賀谷が抱きついてくる。その間も、實森の下着に突っ込んだ手でペニスをまさぐり続けていた。

「焦らなくても、飲みきれないくらいたっぷり、注いで差し上げます」

熱を帯びた声で多賀谷に囁くと、小ぶりな尻を両手で鷲摑《わしづか》みにする。すると、そこはすでにぐっしょりと濡れていて、雄を迎え入れる準備がすっかりできているようだった。

「そんなに、わたしが欲しかったのですか？」

何かが違う——頭の片隅にそんな想いがよぎる。

けれどもう實森には、オメガのフェロモンに抗えるほどの理性は残っていない。

ただ、目の前のオメガが欲しい。

強烈な衝動だけが、實森を支配していた。

「あ、あぁ……っ！　うん。ほしぃ……ほしいよぅ」

舌足らずの甘えた声が股間に響く。實森のペニスは腹に触れるほど反り返って、先走りの雫をだらだらと垂れ流している。

「……ほら」

両手で尻をむんずと摑んだまま多賀谷の身体を浮かせると、いきり勃ったペニスを濡れそぼった窄まりに添えた。

「あ——」

多賀谷が期待に声を震わせ、實森の肩にしがみついた、瞬間——。

「ん、くっ」

實森は腰を突き上げると同時に、抱えた多賀谷の腰を叩き落とした。

「——ッ！」

身体の奥深くまでを一気に穿たれ、多賀谷が声にならない嬌声をあげる。白い身体を限界まで反り返らせたかと思うと、赤く腫れたペニスから夥しい量の白濁が放たれた。

「挿れただけでイくなんて、どれだけ期待していたんですか」

陶然として絶頂に酔い痴れる多賀谷を見つめ、實森もまた頂点を目指して激しく強く腰を突き上げる。向かい合って座した体勢で、ベッドのスプリングを利用しながら多賀谷の腹をこれでもかと嬲《なぶ》り続けた。

異様なまでに大きく勃起した實森のペニスを、多賀谷の身体は難なく受け入れた。熱い粘膜が射精を促すかのごとく蠕動《ぜんどう》して、きゅうきゅうと締め上げる。

「はっ……はぁっ。なんて……身体をして、いるんですか」

セックスの経験がないわけではないが、こんなにも理性や思考を奪われたのははじめてだった。實森は快楽とフェロモンに恍惚としつつ、多賀谷の身体を貪るように抱いた。

「あ、だめ……。また、イく。イッちゃう……変に、なる……」

これまで身体に触れたときとは比べるまでもなく、多賀谷もまた理性を手放し、快楽の虜となっている。快楽を素直に受け止め、感じるままに喘ぎ、腰を振ってもっと欲しいと強請り、何度も達する。

「いぃ……よぉ。いま、までで……最高……っ。気持ち、いい。いい……あぁぁ」

その淫らで浅ましい痴態に、實森はいっそう情欲を煽《あお》られた。

汗で貼りつく服を脱ぎ捨て、多賀谷の身体にかろうじて引っかかっていたワイシャツを剝ぎとる。そうして、ベッドに押し倒すと、腰を抱えてさらに奥を穿《うが》った。

「ひぁ……あ、あぁ……」

多賀谷の声から甘さが消え、まるで断末魔のように實森の鼓膜を突き刺す。背中や脇腹に爪を立て、腰に長い脚を絡ませると、自ら腰を揺すって射精を促した。

そのとき、實森は自身のペニスに違和感を覚えた。抑制処置によって失われたはずの亀

頭球が、ペニスの根元にはっきりと形を現していた。

「はぁっ……あ、そんな、まさか……」

いったい何が起こっているのだろう。必死に思考を巡らせようとするが、フェロモンと快感、そして多賀谷の痴態に、すぐさま意識が攫《さら》われる。

「あ、あ……っ。すご、い。アルファの……瘤っ」

多賀谷が手を伸ばして繋がった部分に触れ、嬉々とした表情を浮かべた。

「出して……中で、いっぱい……注いで、ずっと……、あ、あん……」

もうまともに言葉が紡げないくらい、多賀谷は快楽の坩堝《るつぼ》に呑み込まれている。

しかし、それは實森も同じだ。

白い桃のような多賀谷の尻を割り開くと、それこそ亀頭球まで埋める勢いで腰を叩きつけた。力任せに多賀谷の身体を持ち上げては、奥へ、奥へとペニスを捻じ込む。

「ひっ……あ、あ、深いぃ……」

多賀谷が涙を流して歓喜する。

「う、あ……っ」

ペニスがちぎれるかと思うほど強烈な締めつけに、實森は堪らず奥歯を嚙み締める。

もう、絶頂がすぐそこに迫っていた。

嚙め。

項を、噛んで、己のモノにしてしまえ。

悪魔か、それとも本能か、低く囁くような声が脳内に響く。

「つざける、な……っ」

小さく吐き捨てると、實森は咄嗟に白い脚を振り解いた。

「い、やぁ……」

多賀谷が責めるような声を漏らすが、断腸の想いで無視する。

そうして、多賀谷の魅惑的な尻から醜く血管を浮き上がらせたペニスを抜くと、亀頭球のすぐ上を手で荒々しく扱き、白く平らな腹へと白濁をぶちまけた。

「はぁ……っ、はぁ、はっ……」

信じられない量の白濁が、多賀谷の下腹から胸を汚していく。

「……中に、ほしか……ったのに……」

多賀谷が譫言のように零す。

罪の意識を覚えながら、實森は少しずつ身体の熱が引いていくのを感じていた。

實森はどうにか理性を掻き集めると、とるものもとりあえずティエラプロと編集部に多賀谷の無事を伝えた。

その後、意識を失った多賀谷を風呂に入れて身体を隅々まで洗ってやり、立ち入りを禁じられていた寝室へ運んでベッドへ横たえた。

後ろめたさを感じつつ抑制剤を探す。すると、仕事部屋の机の引き出しからピルケースと、ペン型の緊急用抑制剤の注射器が見つかった。

改めて、多賀谷がオメガだと痛感させられ、實森は思わず顔を歪める。

しかしすぐに気持ちを切り替え、眠る多賀谷の腕に抑制剤を打ってやった。

——あとで、アルファ用の抑制剤を買ってこないと……。

そう思いつつ、ときおり切なげに喘ぐ多賀谷の寝顔を見つめた。

「嗤《わら》えるだろ」

多賀谷が意識をとり戻したのは、翌日の昼前のこと。

ベッド脇で多賀谷のスケジュール調整をしていたとき、多賀谷が不意に口を開いた。

「気がつきましたか」

椅子から立ち上がって表情を窺うと、多賀谷は虹色の瞳をうっすら細めた。

抑制剤を打ったことで少し症状が抑えられているが、発情期が終わるまではフェロモンの発露は鎮まらない。わずかに濃度が薄まるだけで、今も完熟したフルーツに似た甘い香りが寝室を満たしている。

實森自身は抑制剤がよく効く体質だったらしく、寝室で付き添っていてもどうにか理性を保つことができていた。

「喉が渇いていませんか？　それとも、少し何か召し上がって……」

獣の交わりを思わせるようなヒートセックスのあと、多賀谷は何も口にしていない。

「お前も腹の中で嗤ってるんだろ？　オメガなんか……ゴミ屑以下だって」

自嘲的な台詞を口にする多賀谷に、實森はどんな言葉をかければいいのかわからなかった。一世を風靡《ふうび》する人気作家・多賀谷虹がアルファでなくオメガだったなど、いったい誰が想像できただろう。

「黙ってないで、何か言ったらどうなんだ」

そう言われても、實森は黙り込むほかない。

多賀谷のヒートにあてられて起こるはずのないラット——強制発情を引き起こした。まったく想像していなかった状況に、動揺と後悔と懺悔《ざんげ》と……様々な感情に打ち拉《ひし》がれているところなのだ。

たしかに多賀谷がオメガだったことは、仕事をする上でも何かしら相談すべきだと思っているが、理性的に話ができるか不安が残る。

「なあ。尊敬していた作家が嘘吐きで、実はオメガだった気分はどうだ？　そんなオメガのフェロモンにあてられて、無理矢理……抱かされて……っ」

多賀谷自身、相当ショックだったのだろう。感情に支配されることなく、つねに冷静に物事に向き合っていた姿が嘘のように激しくとり乱している。

「そんな言い方、しないでください」

アルファとして自信に満ちていた多賀谷が、自虐的な言葉を口にするのを聞くのは實森もつらかった。

小さく震える肩を抱き寄せ、慰めてやりたいと思う。しかし、触れた瞬間、ふたたび淫らな欲望に流されてしまいそうで怖い。

「本当のことを言っただけだ」

多賀谷は天井をぼんやりと見つめたまま、投げやりな言葉を繰り返した。

「どうせならお前のところで記事にしたらどうだ？　多賀谷虹は偽物アルファだった……とか。絶対に売れるぞ？　俺にかかった金も賄えるんじゃないか？」

多賀谷は上擦った声でなおも続ける。

「アルファってところが売りだったのに、俺はきっとお払い箱になる。誰も俺に見向きもしなくなって、忘れられて……」

語尾を震わせながら、多賀谷は自分の身体をきつく抱き締めた。

「オメガは、ゴミ以下だから……どうせお前も、俺を見捨てる……っ」

胎児みたいに身体を丸め、声を押し殺して啜り泣く背中に、どんな慰めの言葉をかけたとしても、今の多賀谷には届かないような気がした。

情欲を誘うフェロモンはいまだ甘く漂い、多賀谷と實森の双方を狂わせようとしている。その証拠に、實森のペニスはゆるく芯をもち続けていた。そして多賀谷の尻からも、発情したオメガ特有の愛液が滴っているに違いなかった。

實森はゴクリと喉を鳴らすと、自制心を総動員して多賀谷に呼びかけた。

「……先生」

多賀谷がビクッと身体を震わせる。

「身のまわりのお世話をすべて任されたと言ったのを、覚えていますか？」

多賀谷は何も答えない。ただ、発情した身体を宥めようとしてか、しきりと手を動かして肩や脇腹を撫でていた。

これほどのヒートを、多賀谷は今まで一人で耐えてきたと思うと、實森は堪らない気持ちになる。せめて、すべてを知った自分がそばにいる間は、そんな酷なことはさせたくないと思った。

「発情期が終わるまで、そばにいます」

「……え」

多賀谷がかすかに驚きの声を漏らす。

「わたしは絶対に、先生を嫌いになったり、見捨てたりしません」

「本当に？」

多賀谷がゆっくり起き上がると、フェロモンの匂いが一気に強くなった。

同時に、實森の昂ぶりもぶり返そうとする。

「言いましたよね。何があっても先生が一番大切だと」

嘘偽りのない言葉と本心を、多賀谷は感じとってくれただろうか。

穏やかに微笑みつつ、實森は激しい衝動に懸命に抗っていた。

理性を、手放すな。

目の前のオメガは、守るべき存在だ。

そして、絶対に……嚙むな。

何度も自身に言い聞かせると、フェロモンに流されそうになりながら、實森はそっと多賀谷の肩に触れた。

「先生はゴミなんかじゃありません」

多賀谷が目にいっぱいの涙をたたえて實森を見上げた。

「さ、ねもり……っ」

虹色の虹彩が涙と情欲、そして期待に揺れる。

「やっと、名前を呼んでくださいましたね」

「……ばか。そんなこと、今、言うな」

文句を言いつつ、多賀谷が堰を切ったように泣きじゃくる。

涙と鼻水でぐしゃぐしゃになった多賀谷の泣き顔を見た瞬間、實森の胸にどうしようもなく愛しい気持ちが溢れて止まらなくなった。

「信じて、いいのか」

「大丈夫」

言葉とは裏腹に、本能が叫ぶ。

犯せ、孕ませろ、しゃぶり尽くせ――。

アルファの激情を懸命に理性で抑え込み、汗ばんだ多賀谷の額に唇を押しつける。

「わたしを、信じてください――」

「……ん」

多賀谷がふわりと笑って頷き、やがて静かに眠りについた。

多賀谷の発情期が終わるまで、外での仕事はすべて中止か延期にしてもらった。

生活の場所が多賀谷の寝室中心になって、ほとんどベッドですごすようになったこと以外は、それまでの同居生活とあまり変わらない。

とはいえ、多賀谷のヒート期間は實森の想像以上にきついものだった。何しろ、一日中発情状態が続くのだ。抑制剤を打って落ち着くのはほんの数時間だけで、それ以外はずっと多賀谷の全身を愛撫してやったり、アルファを求めて濡れる後孔を指で慰め続けた。

あるとき、風呂上がりに多賀谷の髪を乾かしていると、不意に呼びかけられた。

「……なあ」

寝室の一人掛けソファに腰かけた多賀谷の表情は、背中を丸めて項垂れているせいで窺うことはできない。實森のカットソーとハーフパンツを身に着けた姿は、まるで子供が親の服を着ているようでとても可愛らしい。

「なんでしょうか」

平静を装って問い返すが、多賀谷は答えない。

しかし、数秒の沈黙の後、背を向けたままポツリと言った。

「どうして、抑制処置を受けようと……思ったんだ？」

「え？」

思いがけない質問だった。

「アルファでいれば、なんの苦労もしないで生きていけただろ」

続いた言葉に、實森は苦笑を浮かべて答える。

「そうでしょうか。アルファにだって苦労はあると思いますよ。先生もアルファということで、迷惑を被った経験がありませんか？」

「ああ、たしかにそういうこともあるか」

小さく頷く多賀谷に、實森は努めて明るく言った。

「それに、わたしは今とっても幸せですから」

すると、多賀谷が肩越しにちらりと振り向いた。

「後悔、していないのか?」

抑制処置を受けるアルファの心情が理解できないのだろう。

「はい。微塵も」

きっぱり断言すると、多賀谷は怪訝そうな顔で首を傾げた。

まだ発情期を抜けていないためか、多賀谷は起きているときはぼんやりしていることが多い。今も、会話の途中で物思いに耽《ふけ》っている。

同居をはじめて、もう一か月になる。

最初は先行きが心配でならなかったが、少しずつ多賀谷の態度が軟化してきた実感はあった。そして、発情期を機に、多賀谷との信頼は一気に深まったように實森は思う。

「はい、きれいに乾きましたよ」

「うん」

ドライヤーのコードをまとめ、サイドボードの棚にそっと置くと、多賀谷が思い出したように問いかけてきた。

「……で、なんで抑制処置を受けたんだ?」

ソファの背もたれに背中を預けて、思いきり上向いて實森を見つめる。

「あまり、気持ちのいい話じゃありませんが、それでも聞きたいですか？」

牽制《けんせい》の言葉を投げつけるが、多賀谷は引き下がるつもりがないらしい。深海の色を帯びた美しい瞳で實森を捕まえて放さなかった。

「わかりました。もう二度と『去勢野郎』などという下品な言葉を口にしないでいただくためにも、先生によりわたしのことを知っていただきましょうか」

冗談めかしつつも、声がわずかに震えてしまったことに、多賀谷は気がついただろうか。

「なんだ、脅すつもりか？」

多賀谷が怪訝そうな顔をするのに、實森は小さく首を振る。

「いいえ、ただの昔話ですよ」

言いながら、いい機会なのかもしれないと思った。

人生における転機というものがあるのなら、それを与えてくれたのは間違いなく多賀谷だ。誰にも話す必要はないと思っていた心を打ち明けるなら、彼以外にいないだろう。

「面白くはないと思いますが、あなたの……先生の糧になるかもしれませんし」

實森は小さく口許をゆるめると、多賀谷の正面に足置きを兼ねたスツールを移動させて腰を下ろした。

「わたしはそこそこ名の知られたアルファ家系の資産家の家に長男として生まれました」

「よくあるパターンだな」

ソファの上で膝を抱えて、多賀谷が合いの手を入れる。

「親族は皆、よくいるアルファ至上主義者ばかりでした。結婚相手もアルファしか認めないため、なかなかアルファの後継者に恵まれなかったそうです」

アルファ同士の親からアルファの子供が生まれる確率は五パーセントに満たない。

しかし、オメガが男女ともに妊娠出産が可能なこともあってか、両親のどちらかがオメガの場合、その確率は十倍以上に跳ね上がる。そのため、古くはアルファの生産道具とされた歴史があり、現在も後継者不足に悩むアルファがオメガと出産契約を結ぶことが暗黙《あんもく》裡《り》に認められていた。

ちなみに、アルファとベータの親からは、ほぼベータの子しか生まれてこない。まれにアルファやオメガの子が生まれるが、その確率は〇・〇〇〇四パーセント前後とされている。そうして、アルファの出生率に関する謎は、今もまだ解明されていない。

「三十年ぶりに生まれた男のアルファということで、親族たちの期待を一身に浴び、アルファとしての帝王学を叩き込まれてきました」

将来は一族を束ねるアルファの中のアルファに——と願う親族によって、實森は従妹や周囲のアルファ子息より厳しい躾や教育を受けて育った。

「ですが、わたしは幼いころから、両親や周囲の人たちの考えが理不尽に思えて仕方がなかったんです」

そう言って深呼吸すると、ふたたびゆっくりと口を開く。

「わたしの一族では『傲岸不遜』こそが、アルファらしさを表す言葉とされて、後継者もその言葉を体現する者として教育されます」

「傲岸不遜……か。俺の父親も多分、同じタイプだ」

多賀谷がわずかに表情を曇らせる。

「先生？」

気になって呼びかけると、多賀谷は「先を続けろ」と目配せをした。

「……ですが、わたしは自分がアルファというだけで、人より優れていると思うことは、誤りのような気がしたんです。だから、親や親族、ほかのアルファみたいに振る舞えない自分は、どこかおかしいんじゃないかと気にしながら生きてきました」

アルファらしくあれ——。

アルファならこうしなさい。

アルファ以外のお友達は必要ありません——。

強く、賢く、強大な力をもつアルファになれと周囲から求められる毎日に、實森は物心ついたころから違和感とストレスに苛まれていた。

「幼いころから、可愛いものやキレイなもの、ふわふわしたものが大好きでした。あと手芸や料理もやってみたかったし、なんでもこなす家政婦に憧れたこともあります。ですが一番大好きだったのは、絵本や小説を読むことです。王子様や騎士が出てくるファンタジーや、ヒーローものを夢中で読み漁ったものです」

しかし、それらはアルファの御曹司に必要ないと、すべてとり上げられてしまった。

「反発しなかったのか？」

「当時のわたしはまだ幼くて、大人に黙って従うことが、正しいと思い込んでいました」

大好きなものをとり上げられ、自分じゃない自分を強要される日々は、實森にとって苦行でしかなかった。しかしそれからも、親が敷いたレールの上を何も考えず歩み続けた。

公立高校に進んだのは、いつか自分が従える一般人を知る必要があるという両親の考えによるもので、その後は国内トップクラスの大学に進学して経営や法律を学んだ。

勉強を真面目にやって結果さえ出していれば、親も親族も文句は言わない。

それをいいことに、實森は文芸サークルに入って大好きな小説を読み耽り、夢のような学生生活を送った。

「大学生活の四年間は、それまでの人生で一番楽しい時間でした。しかし卒業後は親族が経営する会社に入って、アルファとして自分を殺して生きる未来が待ち構えていました」

当時の苦悩を思い出すと、今も胸が苦しくなる。

「アルファとしての自覚も覚悟もないのに、ただ言われるがままに生きていくのか……と悩んでいたとき――」

実森は乾いた唇を舐《な》めて潤すと、多賀谷を真正面から見据えた。

「多賀谷虹の作品に、出会ったんです」

「……っ」

多賀谷が右の顳顬《こめかみ》を痙攣させ、美しい双眸を大きく見開く。

「当時のわたしはいわゆる教科書に載るような文芸作品や、海外のメジャー作品ばかり読んでいて、ウェブ小説を読んだことがありませんでした。ですが、ある日の深夜、サークルの友達からすすめられた投稿サイトを覗いてみたんです」

眠れない夜、ベッドの中で俯せになってタブレットを操作していた實森は、ある作品に目をとめた。それは、バース性を題材にしたファンタジー小説だった。

『自分に素直に、恥じないように生きる――それが、人に与えられた自由よ』

「物語のクライマックスで女王が主人公に告げた台詞……。全身が震えて、勝手に涙が溢れてきたんです」

当時の興奮が蘇り、全身の肌が粟立つ。目頭がじわりと熱くなって、気を抜くと涙腺が決壊しそうになった。

實森は涙を誤魔化すように、おどけた調子で続けた。

「次の日、大変だったんですよ。徹夜でその作家のほかの作品まで読破したせいで寝不足になるし、感動して泣いた目は真っ赤、顔はパンパンに浮腫《む》《く》んで、講義を休もうか本気で考えるぐらいひどい顔だったんです」

實森はそこで一息入れると、多賀谷の反応を静かに待った。

多賀谷は目をきょとんとさせて、両手をぎゅっと組み合わせたまま握ったり開いたりする。そうしてあらぬほうを見上げたかと思うと、低い声でボソッと呟いた。

「あんな、稚拙な話で泣くって、お手軽な奴……」

實森が出会ったウェブ小説は、デビュー前の多賀谷の作品だ。

「先生。もしかして、照れていらっしゃる？」

揶揄うように表情を窺うと、多賀谷はソファの上で抱えた膝に顔を埋めてしまった。

胸に秘めてきた想いを伝える機会が与えられたことを、實森は世界中の神仏に感謝する。

「稚拙……だったかもしれません。当時、先生はまだ高校生でしたから。でも、あなたの描く優しい物語や登場人物の言葉一つ一つに、わたしは勇気をもらいました。自分らしく生きるために背中を押してもらったんです」

多賀谷は相変わらず、ソファの上で丸まっていた。流れ落ちた髪の隙間から覗いた耳が、わずかに赤く染まっている。けれどそれは、発情によるものではないだろう。

読者にはデビューから塩対応を貫いている多賀谷が、自作の感想を聞いてこんな反応を見せると實森は思っていなかった。もしかすると、自分だけがこんな可愛らしい多賀谷の一面を知っているのかと思うと嬉しくて仕方がない。

「そういえば、当時、一度だけ感想のメールを送ったことがあるんですよ」

作品の感想と、勇気をもらったことへの感謝を綴ったごく短いメールだったが、多賀谷は覚えているだろうか。

「悪いが、覚えてない」

「え？」

「小説を公開してしばらくしたら、毎日うんざりするぐらいメッセージが届いて、途中で面倒になって読まなくなった」

あっけらかんとした多賀谷に、實森は残念な想いで頷く。

「仕方ないですよ。先生、当時からすごく人気がありましたから」

實森の憂いを、多賀谷は容赦なく蹴散らしてしまう。

「それで、結局、おまえはどうして抑制処置を受けたんだ？」

傲慢な態度には慣れたつもりでいたが、それでも少しは腹が立つ。さっきまで可愛らしく感じていた相手とはとても思えない。

けれど、おかげで實森は平常心で自分の過去に向き合う準備ができた。

實森は背中をしゃんと伸ばすと、改めて多賀谷をまっすぐに見つめた。

「先ほど、背中を押してもらったと、話しましたよね」

多賀谷は膝を抱えたまま、今度は目をそらさずに聞いている。

「無理にアルファらしくいる必要はない。自分に正直に生きよう……。先生の作品を読んで、やっと自分の本当の気持ちに向き合うことができたんです」

多賀谷の作品と出会ったその後、實森は家族に内緒で就職活動を始め、無事に二谷書房の内定を得たのだ。

「抑制処置を受けたのは、大学卒業間近のことです。アルファでなくなることで、しがらみを断ち切りたかった。誰にも知らせず処置を受けたせいで大騒ぎになって、結局は勘当されました」

「……」

何か言いたそうに多賀谷が唇を戦慄かせるが、言葉が出てくる気配はない。

多賀谷の心情をなんとなく察しつつ、實森は家族への決別を改めて口にする。

「アルファでなくなれば、たとえ一族の血を引いていてもゴミ同然でしかないんです」

いつの間にか、多賀谷が抱えていた脚を下ろし、真剣な面持ちで實森の話に聞きいっていた。

「実家や親族には、申し訳なく思う部分もあります」

多賀谷の虹彩が赤みを増して潤んでいる。もしかすると、自分の作品が一人のアルファの運命を大きく変えてしまったことに困惑しているのかもしれない。

「だけど、後悔はしていない」

多賀谷をまっすぐ見つめ、きっぱりと言い切った。

「今、わたしが自分に自信をもって生きていられるのは、先生に……多賀谷虹の作品に出会ったからです。大袈裟かもしれませんが、先生はわたしの命の恩人です。いつか恩返しがしたい、お礼が言いたいと思っていました。本当にありがとうございます」

静かに立ち上がると、實森は深々と頭を下げた。

そして、数秒間のお辞儀を終えると、満面に笑みを浮かべて多賀谷に告げる。

「ですから、先生。わたしは今、本当に……とっても幸せなんですよ」

實森の人生の選択に、多賀谷が責任を感じる必要はない。

放心したように實森を凝視する多賀谷に、少しは想いが伝わっただろうか。

「先生、大丈夫ですか……?」

實森の呼びかけに、多賀谷はハッとして顔を暗くする。そして両手で顔を覆って深く息を吐いた。やがて顔を上げると、何か思い詰めたような、泣き出しそうな面持ちで實森と視線を交わす。

「もう寝る」

ぼそっと呟いたかと思うと、多賀谷はそのままベッドに潜り込んだ。

肌掛け布団を被って背を向ける多賀谷に、實森は何故か声をかけられなかった。

静かに多賀谷の寝室を出ると、子ネコの様子を見るためにリビングルームへ向かう。

やはり、打ち明けるべきではなかったのだろうか？

きっと気分を悪くしたに違いない。

實森の想いは、アルファであろうとする多賀谷にとって、理解しがたい異様なものでしかないのだろう。

涙するほど素晴らしい作品を書く多賀谷なら、きっとわかってもらえるだろうと、勝手に期待していた自分が情けなく思える。

残念だったが、無理に理解を押しつけるつもりは微塵もない。

實森にとって多賀谷が恩人であることに変わりはないのだから。

ただ――。

ヒートを鎮めるためとはいえ、多賀谷を抱いたことは、担当編集兼マネージャーとして安易に許されることではない。

「どうして、あんなことを……」

あのとき、情欲を燻ぶらせる多賀谷を目にした瞬間、理解できないほど激しい衝動に襲われた。頭の中にあったのは、触れたい――という強い欲求だけ。

そのときふと、實森は疑念を覚えた。

多賀谷の発するフェロモンを實森はたしかに感知した。枝から落ちる寸前まで熟した果実のような芳醇《ほうじゅん》で印象的な匂いはあまりに鮮烈だった。

しかし、抑制処置を受けたアルファは、他者のフェロモンを感知しないはずだ。

それなのに、多賀谷のヒートによる甘い匂いに一瞬で理性を失った。そして、白くすべらかな肌に我を忘れて触れてしまったのだ。しかも、亀頭球まで復活したことが今も信じられない。

多賀谷に触れたときの興奮を振り返りつつ、實森は自嘲の溜息を吐く。

もともとアルファにしては性欲が弱く、過去の恋人との関係も淡泊だったと思う。

だからこそ、多賀谷に対して浅ましいくらいに興奮した自分が他人のように感じられる。

濡れた栗色《くりいろ》の髪に、瑠璃色に輝く瞳、薄桃色に上気した白い肌、掠れて艶めかしい喘ぎ声——。

「あんなに美しい人を前にしたら、理性なんてなくなって当然だ」

自分に言い聞かせるようにそう呟いた
結局、多賀谷の発情は八日間続いた。

そして實森は可能な限りの仕事をこなしつつ、ずっと多賀谷に寄り添い続けた。

凶暴なラット状態に陥らなかったため、多賀谷の項を噛まずに済んだが、あとで項に保護シートを貼っていることに気づいた。

しかし、いつ過ちが起こるかわからない。

理性を失って本能に流されるまま、多賀谷を縛りつけるようなことだけは避けたい。

そのため、多賀谷を抱いたのは最初の日だけだった。

発情に苦しむ多賀谷を抱くことはできなくても、手や唇、舌で存分に快感を与え、淫らな熱を発散させてやることはできる。

「抱いてよ……實森ぃ。そのチンチンで……俺の中いっぱいにして……」

極上のフェロモンを撒き散らす多賀谷の前に、何度屈服しかけたことだろう。

ヒートにあてられてアルファ性が目覚めてしまったのだろうか。實森もまた理性を保つのが難しかった。

しかし、多賀谷の秘密を知る自分にしか、彼を守り支えることはできないという強い意志のもと、實森はひたすら尽くした。

発情に理性を失ってアルファを求める姿を可哀想に思いながら、抑制剤を打ち、保護シートを確かめ、体力を奪われる多賀谷のために好物ばかりを作って食べさせる。

それこそ、赤ん坊に接するかのように、實森は多賀谷を甘やかした。

発情の影響か、多賀谷はいつになく素直で、おおむね實森に身を任せてくれる。

外の世界と遮断されたマンションの一室で、八日間、實森は多賀谷のためだけに生きた。

けっして不毛な日々ではなかったと、實森は自負している。

何しろ、本当の多賀谷虹を知ることができた。

長年憧れ続けた多賀谷がオメガだったことには今もまだ戸惑いがある。しかし、だからといって多賀谷への尊敬の念が失われることはなかった。

バース性を偽っていた理由も、なんとなくだが想像がついている。

彼なりの事情でアルファとして生きることを強要されてきたのだろう。だからこそ、あれほどまでにアルファ性に執着していたのだ。

『オメガは、ゴミ以下だから……どうせお前も、俺を見捨てる……っ』

多賀谷には二度と、あんな言葉を口にさせたくないと強く願う。

周囲に真実を明かすことはできない。

けれどせめて、自分だけはオメガである多賀谷虹を認めてやりたかった。

そして叶うなら、多賀谷にも偽りのない自分でいてほしいと思う。

だがそこで、はたと気づく。

「偉そうに……。何を言っているんだか」

多賀谷の真実を知るたった一人となったことに、無意識のうちに優越感を抱いていたと気づき、實森は人知れず自己嫌悪に陥った。

【八】

発情期は終わったのに、多賀谷のフェロモンはつねに漏れ出るようになってしまった。量としてはフレグランスのように香る程度だが、微熱があって調子がよくない。下腹部の疼きがないだけマシだが、ずっと風邪をひいたときみたいな気怠さが続き、原稿を書き進める気にもなれなかった。

三回ノックする音がしたかと思うと、多賀谷の返事を待たずに寝室の扉が開く。

「おはようございます。先生」

いつもどおりの執事スタイルで現れた實森が、遠慮なくベッドに近づいてくる。

「寝室と仕事部屋には入るなって言っただろ」

多賀谷は気怠い身体を起こすと、寝癖だらけの髪を掻き乱しながら實森に文句をたれる。

「今さら何を言っているんです。それより、いい加減起きてください」

発情期間中、まるで蜜月のような時間をこの寝室ですごしたことを、實森がどう思っているのか多賀谷は気になって仕方がなかった。

イレギュラーな出張で實森がいない夜、どうしようもない寂しさや独占欲が、すべて實森への恋情だと自覚した。

それなのに、想定外の発情によって、何もかもうやむやになってしまった気がする。

抱かれた記憶はたしかにあるのに、あれは、實森が多賀谷のヒートにあてられた結果でしかない。現に、實森は多賀谷の項を噛まなかったし、そのあとも身体に触れはしても最後まで抱いてくれなかった。

「さあ、先生。今日は熱もないみたいですし、少しは外の空気を吸いに出かけてはいかがですか?」

ぼんやり考え事をしていると、實森が一気に肌掛け布団を捲った。

「勝手に一人でいけばいいだろ」

発情期の間はとにかく優しかった實森が、今ではすっかり以前と同じ、生真面目な可愛らしいもの好きの執事に戻ってしまった。

「ほら、いきますよ」

「嫌だ」

多賀谷は頑としてベッドから出る気はなかった。

「では、仕方がないですね」

ふぅっと溜息を吐いたかと思うと、實森がいきなり多賀谷を抱き上げた。

「うわぁ……っ!」

思わずみっともない悲鳴をあげて、實森に縋りつく。

「いい調子です。そうやってしっかり、わたしにしがみついていてください」

實森は多賀谷をいわゆるお姫様抱っこしたまま、軽い足取りでパウダールームへ向かう。

廊下に出ると、下から子ネコの鳴き声がした。

「にゃあ」

「先生、ちゃんと挨拶してあげたらどうですか」

拗ねて唇を尖らせていた多賀谷だったが、實森のあとをちょこちょこと追ってくる子ネコを見ていると、ついだらしなく顔がゆるんでしまう。

おはよう。

声には出さず子ネコに挨拶したところで、ちょうど洗面台の前に着いた。

實森はそっと多賀谷を下ろしてドライヤーを手にすると、バシャバシャと水を派手に跳ね上げて顔を洗う多賀谷の髪に触れた。

「寝る前にきちんと乾かしているのに、どうして、朝になるとこんなに爆発するのでしょうか？」

多賀谷の癖毛はなかなかのクセモノだ。髪自体が細く癖に統一性がない。以前は気がついたときや、あまりに寝癖がひどいときに實森が整えてくれていたが、今は朝の恒例行事となっている。

「……タオル」

身体を曲げたまま手を差し出すと、實森がすぐさまふかふかのタオルを手渡してくれる。

多賀谷が濡れた顔を拭き終わるころには、實森も髪のセットを終えていた。

大きな鏡越しに、多賀谷は背後に立つ實森を見つめた。

寝室まで踏み入って起こされることにも、抱っこされて運ばれることにも、最初こそ抵抗して文句を言った。しかし、實森に甲斐甲斐しく尽くされるのが嬉しくて、あっさり受け入れたのだ。

以来、風呂に入れれば背中を流し、髪を洗い、身体を拭いて着替えるところまで、すべて實森が世話をしてくれている。

ドライヤーを片づけると、實森はもう一度多賀谷を抱き上げた。パウダールームの奥にはウォークインクローゼットが続いていて、最近はここで着替えることがほとんどだ。

多賀谷がハンガーに手を伸ばそうとすると、すかさず實森が口を挟んできた。

「手伝いましょう」

頭から被って腕をとおすだけなのに、何を手伝うというのだろう。

「着替えぐらい自分でできる。これ以上何もできなくなったら、どうしてくれるんだ」

多賀谷は馬鹿にするなと實森を睨んだ。

すると實森が、何故か上機嫌で言い返す。

「責任をとってずっとお世話させていただきますよ」

「……え？」

どきっとしたところへ、實森がハンガーを奪いとる。そして茫然と立ち尽くす多賀谷の頭に、ボートネックの八分袖カットソーを被せた。

「いっそ、わたしなしには生きられなくなってしまうというのはいかがですか?」

すっぽりと頭をくぐらせて袖に腕をとおすと、實森が多賀谷の目を見てふわりと笑った。

「そうなったら、ぜひ、先生のもとで永久就職させてください」

本心か冗談かわからない台詞に、多賀谷は声を失った。

ふと、そばの鏡に映った自分を見れば、首まわりが真っ赤に染まっている。

「お、お前……」

かつての遊び相手にも、歯の浮くような甘い台詞を囁かれたことはあった。けれどそのどれも、多賀谷の胸には響かなかったのだ。

「冗談でも、そういうこと……言うな」

覇気のないくぐもった声でぼそりと呟き、いたたまれなさに深く俯く。

「いいえ、先生。冗談なんかではありません。叶うことなら、一生、先生の担当でいたいと本気で思っているんですから」

担当――ということは、結局、仕事のパートナーとしか多賀谷を見ていないということなのだろう。

多賀谷は黙り込んだまま、おとなしく服を着せられていく。俯いた視線の先には、ようやく馴れてきた子ネコがしっぽを揺らして遊んでいる。

ボーダー柄のスウェットパンツを穿くのに身を屈めるよう實森が促す。

そのとき、多賀谷の脳裏に一つの疑念が浮かんだ。

「なあ、實森。お前……たしかに抑制処置を受けたんだよな?」

ヒート中のセックスで實森の名を口にしてから、多賀谷はときどき名前を呼ぶようになった。うっすらとしか記憶に残っていないが、名前を呼んだとき、なんとなく實森が嬉しそうに笑った気がしたからだ。

「ええ。きちんと処置証明もあります」

スウェットのウェスト紐《ひも》を結びながら實森が答える。

「だったらどうして、あのとき俺のヒートに反応したんだ?」

抑制処置を受けたアルファは、他者のフェロモンに反応しないはずだ。それなのに實森は多賀谷のフェロモンを感知しただけでなく、ラットに近い状態にまで陥った。

「わかりません。ですが気になったので、わたしなりに調べてみました」

もし、抑制処置そのものに問題があるのだとすれば、世界を揺るがす事案になるであろうことは、多賀谷にも容易に想像できた。

「現在までにあがってきている報告の中に、抑制処置を受けたアルファが、ふたたびフェロモンを感知したり自ら発した事例は一件もありませんでした」

「え……？」

信じられないといった様子で、多賀谷は目を見開いた。

「本来であれば、処置を受けた病院か、関連省庁に報告するべきでしょう」

多賀谷に靴下を穿かせていた實森がゆっくり立ち上がる。

「そうなると先生のことも話す必要が出てきます」

ともすると、多賀谷虹がオメガであると日本中に知られてしまう可能性が高い。

「ですので、今は様子を見るしかないというのが、わたしの意見です」

多賀谷も實森の意見に賛成だった。というか、それ以外にいい案が思い浮かばない。

「とにかく、今は発情の周期が不安定なので、きちんと抑制剤を服用してください。万が一に備えて保護シートも貼ること。そして、わたしも念のために抑制剤を飲むことにします」

本来、抑制処置を受けている實森に、フェロモンの発露やラット状態を抑える薬などは不要なはずだった。しかし、多賀谷のフェロモンに誘引されたことを考えると、予防策として当然の対応だ。

「先生には今まで以上にご不便をおかけして本当にすみません。できる限りサポートさせていただきます」

胸に手をあてて頭を下げる實森に、多賀谷は慌てて声をかける。

「いや、謝るなら俺のほうだ。ヒートを起こしてお前を巻き込んだんだから……」

言いながら、父と母のことが脳裏を掠めた。

「そんな悲しそうな顔をしないでください。わたしは大丈夫です」

多賀谷を安心させようとしてか、實森が穏やかな笑みを向ける。

今この瞬間も、多賀谷のフェロモンを感知して、つらい状況にあるはずだ。それなのに、つねに多賀谷を優先しようとする。

その笑顔と優しさを見せつけられるたび、多賀谷は申し訳なくて堪らなくなる。

「先生のことは、わたしが必ず守ります。信じてください。何があっても絶対に先生を裏切ったりしませんから」

實森の言葉が胸に染みて、多賀谷はうっかり泣きそうになった。

仕事をまっとうするという意味で言っていることぐらい百も承知だ。

それでも、好きな相手の言葉には、どうしたって期待してしまう。

浮かない表情で多賀谷が項垂れていると、子ネコがそうっと歩み寄ってきた。

「なぅん……」

多賀谷を気遣うように鳴くと、足に身体を擦りつけたり、遊ぼうと誘うかのように床に転がってみせる。

多賀谷にじゃれる子ネコを見ていた實森が、何かを思い出したように声をあげた。

「そういえば……」

腰を屈めて子ネコを抱き上げ、實森が続ける。

「例の企画のことですが、もし預かった子ネコが気に入ったなら、企画終了後に引きとることも可能らしいです」

「本当か……？」

一瞬、喜色を浮かべかけた多賀谷だが、實森に抱かれた子ネコを見やると、目を伏せて「いらない」と言った。

「よろしいんですか？　もうすっかり馴れて、先生も可愛がっていらっしゃるのに」

實森が意外そうな顔で確かめる。

「だって、俺一人じゃちゃんと面倒をみる自信も、最期を看取る覚悟もない」

動物を飼うためには、相応の責任感や愛情が必要なことは多賀谷も知っている。

「だから、企画が終わったらちゃんと返してやってくれ」

「わかりました。番組側にも伝えておきます」

自分が飼うわけでもないのに、ひどく残念そうな顔で實森が頷く。

——お前だって、そのうちいなくなるくせに……。

子ネコへ慈愛に満ちた眼差しを向ける實森に向かって、多賀谷は腹の中で吐き捨てた。

その日の午後、マンションの中層階にある庭園を散歩して寝室に戻ると、實森が今後のことで話があると言って顔を覗かせた。

何故か子ネコもいっしょで、「にゃあにゃあ」と鳴いては、實森にしつこくじゃれつく。

「最近、ずっとリビングで独りにしているせいか、すっかり甘えん坊になったようです」

多賀谷が寝室に引きこもっているせいだと言われたようで、胸にどす黒い感情が溢れる。

「話をしてる間ぐらい、廊下に出しておけばいいだろ」

「そうすると、扉の向こうで延々鳴き続けますよ」

實森が子ネコばかり気にして、自分を見ないのが腹立たしい。

「なあ、俺と話をしにきたんだろう？　こっち見たらどうなんだ」

子ネコに罪はない。多賀谷だって可愛いと思っている。

けれど醜い嫉妬が抑えられない。

叶うなら、もうほかの誰のことも見ないでほしかった。

結局、實森は子ネコをリビングルームのケージに入れて、多賀谷の寝室に戻ってきた。

「すみません。体調も落ち着かないのにお待たせして……」

實森は軽く会釈すると、夏の海と青空をデザインしたノートパソコンと、数枚の書類をサイドボードの上に広げた。

「ティエラプロに連絡して、しばらくメディア関係の仕事は休ませてもらえることになりました」

淡々と言うのに、多賀谷はどうやって休みをもぎとったのか尋ねる。

「簡単です。『かつてない創作意欲を持て余しているようなので、しばらく自宅にこもって執筆に集中させてほしい』と、ティエラプロの社長に相談したところ、無事に許可がいただけたのです」

よほど意外だったのか、實森が驚きを滲ませる。

「渋られるかと思ったのですが、あっさり許しが出て少し驚きました」

それもそうだろう。かつて発情期間中に自宅へ引きこもるため、多賀谷がとった方法と同じなのだから。ティエラプロにしてみれば、いつものことでしかないのだ。

「それから、取材はリモートかメールで受けることにします。執筆に関しては今は急ぎのものがないので、これまでどおり進めてください」

「わかった」

多賀谷がうんうんと頷くと、實森がにっこり笑う。

「これで基本的に外出せずに済みますので、ヒートを心配する必要はなくなりました」

「なるほど。實森は基本、俺とずっといっしょだから、外でオメガと遭遇する機会も減るということか」

完璧とまではいかないが、心配事が解決して多賀谷は安堵に胸を撫で下ろした。

「ただ、来月の最新作出版記念パーティーは、どうしても出席してほしいとのことです」

発情異常のこともあって、欠席かパーティーの中止を二谷書房に提案したが、舞台化前の新作ということもあってあえなく却下されたらしい。

「それで、先生にお願いがあります」

「いいぞ。なんでも言ってみろ」

實森にお願いされることがあると思っていなかった多賀谷は、体調の悪さを忘れるくらい胸を高鳴らせた。

「今夜からパーティーが終わるまで、添い寝ができません」

「え？」

實森の気配がそばにあると、不思議とよく眠れるので、発情期間中からずっと添い寝をしてもらっていたのだ。

「先生を守るため、できる限りの準備をしておきたいんです」

パーティーの関係各所への手配などが必要だと言われたら、さすがに嫌だとは言えない。

「……わかった」

渋々頷くと、實森が大きな手で優しく髪を撫でてくれる。

多賀谷はならばせめて、實森の邪魔をしないよう努めようと思った。

その日の夜遅く、喉の渇きを覚えた實森はキッチンに向かった。廊下に出たところで客間から灯りが漏れていることに気づいて、足音を立てないようそっと近づく。

開いた扉の隙間から中を覗くと、實森がローテーブルに突っ伏して居眠りしていた。間接照明の下でも、實森の顔色の悪さがわかる。

よほど疲れているに違いない。

多賀谷はそっと足を踏み入れ、注意してベッドに近寄った。そして、タオルケットを手にすると、實森の背中からふわりとかけてやる。

「人にはいつも、ちゃんとベッドで寝ろって言うくせに」

寝顔を見つめて呟きながら、まわりに散乱する書類や本に目を向けた。それらはすべて、バース性やオメガの発情、抑制処置に関するものばかりだった。

多賀谷を守るため、発情異常の治療やおそらく抑制処置についても、有益な情報がないか調べてくれていたに違いない。

「働きすぎなんだよ、お前」

優秀な編集にマネージャー、そして家のことをすべてこなす有能な執事と、實森は一人で何役もこなしてきた。

けれど、アルファとはいえやはり人間。無理が重なれば疲れるのが当たり前だ。

疲れ果てた寝顔は、ふだんよりどこか幼く見える。

多賀谷は實森の肩にしっかりタオルケットをかけ直すと、そっと高い鼻梁《びりょう》に掠めるだけのキスをした。

「にゃうん」

そこへ、突然子ネコが現れて、多賀谷は驚きに声をあげそうになった。

「なっ――」

咄嗟に口を手で覆い、實森の様子をおずおずと確かめる。

すると實森はまったく同じ姿勢、同じ表情で小さな寝息を立てていた。

――よかった……。

ホッとしつつ、實森の膝に登ろうとする子ネコを捕まえる。

「こら、實森が起きるだろ」

子ネコは不満を訴えるように「にゃあにゃあ」と忙しく鳴いた。

多賀谷は子ネコを胸にしっかと抱きしめ、そそくさと客間をあとにした。

「ちゃんと起こして、ベッドに寝かせたほうがよかったのか？」

キッチンでグラスに水を注ぎ、子ネコを抱いたまま一気に飲み干す。

いつも人に何かしてもらうばかりで、他人を気遣ったことが多賀谷はほとんどない。

けれど、實森の寝顔を見た途端、何かしてやりたいという感情が自然に胸に湧いたのだ。

「實森も、こんな気持ちで俺のそばにいるんだろうか」

子ネコに問うてみたところで、答えは返ってこない。

實森を思うと、胸の奥が軋むように痛い。

触れたくて、触れてほしくて、自分が自分ではないような感じがした。

いっしょにいるとすごく満たされた気持ちになるのに、少し冷たい態度をとられただけで、深く落ち込んでしまう。

實森の言動に一喜一憂する自分を、多賀谷は持て余している。

「俺のこと、守るって言ったけど、あれはどういう意味なんだろうな」

そう独りごちた瞬間、多賀谷はハッと気づいた。

今の言葉はそっくりそのまま、自分が書いた恋愛小説の主人公が恋を自覚する場面の台詞だったのだ。

「そうか……」

目の前が急に明るくなったような気がする。

「これが、恋か――」

實森を好きになったことで訪れた自身の心の機微を自覚して、不調によるものとは確実に違う熱が、胸にじわりと広がる。

『万が一に備えて保護シートも貼ること』

あのとき、どうしようもなく落ち込んだのは、何があっても多賀谷の項を噛みたくないと思い知らされた気がしたからだ。

『先生のことは、わたしが必ず守ります。何があっても、絶対に裏切ったりしない』

もしかしたらオメガの自分でも受け入れてくれるかもしれない。そんな期待に胸が躍ったのも、實森に恋情を抱いていたからだ。

「好き……。好きだ」

こんな感情は、實森のことを考えたときにしか生まれない。

「うん……恋か」

書くのとするのとでは、こんなにも違う。思っていた以上に感情がぐちゃぐちゃだ。

「そうか。實森が好きだから、こんなにも……身体が、心が……乱されるのか」

すべてに合点がいった。

こんな簡単なことに、どうして今この瞬間まで気づけなかったのだろう。

「實森が、好きだ」

もう一度呟いて、深呼吸をする。

けれど、多賀谷はわかっていた。

この想いを實森が受け止めてくれることは、けっしてないだろう。

「アイツにとっては、全部、仕事だからな……」

自分を甘やかしてくれるのも、尽くしてくれるのも、担当編集兼マネージャーだからだ。

監視生活が終わって同居を解消したら、担当替えもあるかもしれない。

その日を想像するだけで、目頭が熱くなる。

だからといって、これ以上實森に迷惑をかけたくなかった。

せめて、尊敬される作家でいられるよう、努力して振る舞いを変えようと思う。

「クズなんて……言われたくないからな」

いつの間にか腕の中で眠ってしまった子ネコをケージに戻すと、多賀谷はしばらくの間、カウチに腰かけて實森のことを考えた。


仕事相手以上の感情も、ひとりでに溢れ出るフェロモンも、何もかも海の藻屑《もくず》となって消えてしまえばいいのに――。

「なあ、本当に置いていって大丈夫なのか？」

やんちゃな癖毛をワックスでしっかり撫でつけ、細身のジャケットスーツを身に着けた多賀谷は、ケージから出してくれと暴れる子ネコを宥めながら背後に問いかけた。

子ネコは日に日に大きくなって、ケージも一回り大きくて鍵のかかるものを新調した。

「そんなに心配しなくても大丈夫ですよ。それに、今回は二次会以降の集まりには参加しないと伝えてあるので、帰宅はそんなに遅くならないと思います」

今夜は多賀谷虹最新作の出版記念パーティーだ。

實森もいつもの執事スタイルではなく、今日はきっちりとしたスーツを着ている。シルバーブラックの地に近くで見ないとわからないくらい細いピンストライプの入ったスーツに、黒のベスト、ブルーブラックのシルクのネクタイは、一見すると地味だが實森の派手な容姿と相まってとても似合っていた。

どこかの国の王子みたいな實森の出で立ちに、多賀谷はずっとドキドキしっぱなしだ。

「お前、背が高いから何を着ても映えるんだな」

「ありがとうございます。先生もとっても素敵ですよ」

實森がこちらをうっとりと見つめるのに、多賀谷はさらに激しく胸を高鳴らせた。

身に着けた焦げ茶や橙《だいだい》、栗色といった季節を先取りした秋色のコーディネートは、實森が数日前から選んでくれたものだ。ウィングカラーのシャツに髪色と同じ栗色のストレートエンドの蝶《ちょう》ネクタイを合わせている。

「俺なんか、何を着ていても同じだろ」

ぶっきらぼうに言い返しつつも、實森に褒められるとやはり嬉しい。面映ゆい気持ちに顔がゆるみそうになるのを多賀谷は必死に我慢した。

「先生、抑制剤はきちんと飲みましたか？」

「ああ」

いつもより強めの抑制剤が合ったようで、フェロモンもほとんど匂わないはずだ。

パーティー会場でヒート状態に陥ったら……と思うとゾッとするが、対策はしっかりしてきたのできっと大丈夫だろう。

「緊急用のものはわたしが持っています。なるべくそばにいますので、少しでも異変を感じたら呼んでください」

穏やかな微笑みに、頼もしい言葉。どれもすべて、担当する作家を思ってのものだ。とても嬉しく感じると同時に、虚しさに胸が切なく軋む。

「ああ、わかってる」

感情を顔に出さず頷くと、子ネコに留守番を頼んで部屋をあとにした。

万が一を考えて、パーティー会場のホテルへは實森の愛車で向かった。

多賀谷の意向ということで、今回のパーティーはごく小規模なものとなった。来賓は身内と呼べる範囲に限ったうえで、アルファの客は外せない数人のみ招待するにとどめた。

パーティーが始まると、記念のスピーチを皮切りに、来賓やイラストレーターへの挨拶、メディアへのインタビューなど、多賀谷は實森に付き添われて淡々とこなしていく。

「なあ、もう最低限の義理は果たしただろ」

気づくと一時間半が経っていた。顔にこそ出さないが、内心ではうんざりして早く帰りたくて仕方がない。

そのとき、實森が周囲を警戒しつつ多賀谷に耳打ちしてきた。

「先生、ほんのかすかにですが、フェロモンの匂いが……」

マンションを出る少し前に抑制剤を飲んで、まだ三時間程度だ。効果がなくなるにしても早すぎる。

「慣れない環境にストレスを感じたのかもしれません。体調不良で散会の前に帰るとスタッフに伝えてくるので、すぐ出られるようホールの入口近くで待っていてください」

さすがに主役が理由もなく途中で会場を抜け出すことはできない。實森は小走りに関係者のもとへ駆けていった。

多賀谷は移動しながら蝶ネクタイを外すと、襟をほんの少し寛げた。

「そういえば、ちょっと蒸し暑いな……」

会場の熱気とあちこち動きまわったせいか、身体が汗ばんでいる。

「やっぱり売れっ子作家様は、扱いが違うよな」

不意に背後から声がして、多賀谷は警戒しつつ足を止めた。

するとそこには、以前、トイレで迫ってきた樋口がワイングラスを片手に立っていた。仕立てのよさそうなスーツをだらしなく着崩し、随分と酔っているのか顔が赤い。

相手などする気もなく、多賀谷は先を急ぐ。

「おい、まさかオレの顔を忘れたんじゃないだろうな?」

樋口がいきなり多賀谷の腕を摑んだ。

「腕を放せ」

苛立ちを堪えて淡々と告げるが、樋口は手を離さない。それどころか、多賀谷の腰を引き寄せて、酒臭い息を吹きかけてきた。

「オレの会社が手を引いたら、お前の舞台化企画なんかすぐに潰れるんだぞ。ちょっと売れてるからって馬鹿にしやがって……」

大勢の前で人目も憚らず振られたことを根に持っているのだろう。むしろ、いまだスポンサーから降りていなかったことに驚く。

「ああ、思い出した。金と見た目しか取り柄のないバカ息子社長か」

あのときと同じ台詞を突きつけた途端、樋口の顔が真っ白になった。

「お……まえっ」

次の瞬間、鳩尾《みぞおち》に強烈な痛みが走って、多賀谷は息を詰まらせた。腰を折って倒れそうになったところを樋口が抱き止める。

「……さ、ね」

實森の名前を口に出したところで、意識が朦朧とし始めた。身体が宙に浮き、船に揺られるような感覚に襲われる。

「なんだ、この匂い」

野太い耳障りな声が遠くから聞こえる。

霞《かす》んだ目には幾何学模様の絨毯《じゅうたん》と自分の足が映っていた。

——ヤバい。

頭の中で警鐘が鳴り響く。どうにかして、逃げ出さなくてはと思うのに、手も足もまるで言うことを聞いてくれなかった。

「ハハッ、部屋をとっておいてよかったぜ。なあ、多賀谷先生？」

気づくと、多賀谷はやたらと豪華な部屋のベッドに横たわっていた。調度品の様子からおそらくスイートルームだろうと想像する。

かすかに首を動かして周囲を見まわすが、意識を保つだけでも激しい疲労感を覚えた。発情の影響か、とにかく身体が熱くて頭も痛い。全身が鉛のように重くて、身じろぐこともできなかった。

「なあ、多賀谷。お前、もしかしなくてもオメガだろう？」

ベッドを軋ませて迫ってくる樋口の言葉に、スッと血の気が引く。

「ち、がう……っ」

「何が違う。さっきから下品な匂いをプンプンさせやがって……。アルファだなんて大嘘吐いて、世間を騙していたんだろう？」

焦点の定まらない目で睨むが、樋口は怯むどころかフェロモンを発して多賀谷を服従させようとする。

「なあ……。アルファの種が欲しくて仕方がないんだろ？　オレが注いでやろうか」

むわっと胸焼けがするような匂いに噎せて、多賀谷は激しく咳き込んだ。

「ゴホッ……！　お前なんて……冗談じゃないっ。放せ……っ」

発情すると欲しくて欲しくて堪らなかったアルファの雄が目の前にいるというのに、激しい嫌悪と吐き気に襲われる。

「オメガのくせに、アルファ様を馬鹿にしやがって……」

圧倒的なフェロモンに、多賀谷の意思を無視して身体が委縮する。腰が砕けたように怠くて、摑まれた手を払うことも、足を蹴り上げることも叶わない。

「穴が使いものにならないくらい犯してから、嚙んで……捨ててやろうか？」

樋口の下卑た笑顔に、身震いが走った。

「いゃ……だっ。やめろ……っ」

怖い――。

こんな奴に抱かれて番にされるぐらいなら、今この場で舌を嚙んで死んだほうがマシだ。

「ははっ。美人が恐怖に慄き、泣き叫ぶ顔は……なかなかそそるじゃないか」

フーフーと酒臭い息を吐きながら、樋口が顔を寄せてくる。

「やめ……」

嫌だ。吐きそうだ。

實森、助けて――。

「さ、實森ぃ……っ！　俺はここだ……。助け――っ」

腹に力を込めて必死に声を振り絞った、そのとき――。

「先生――っ！」

鬼のような形相をした實森が駆け込んできた。

「な、なんだ……お前っ！」

突然の乱入者に、樋口がぎょっとして顔色を失う。

「さ、ねもり……っ」

霞む視界に、實森を捉えた途端、堰《せき》を切ったように涙が溢れ出た。

「おい、先生を放せっ！　さもないと、警察に通報するぞ」

實森が言い放つが、樋口は多賀谷の上から退こうとしない。

「はぁ？　お前……たしか多賀谷のマネージャーだったよな？」

摑まれた腕にさらに力が込められ、多賀谷は痛みに顔を顰めた。

「抑制処置を受けた変人だって聞いたが、本当か？」

樋口は醜い顔をいっそう醜悪に歪め、實森を挑発する。

「だったら、コイツがオメガだってこと、知っていたのか？　言っておくが、先にフェロモンを垂れ流して誘惑したのは、コイツだ」

――違う……。誘惑なんかしていない。

声に出して訴えかけようにも、樋口のフェロモンの影響か声を出すことができない。

「ああ、去勢した元アルファにはわからないか」

樋口が悦に入った様子で肩を揺らして笑う。

「オメガはオメガらしく、アルファに股を開いてりゃいいって教えてるんだ。種なしは黙って……」

耳障りな暴言に耐えきれず目を閉じた瞬間、突然、多賀谷の上から樋口の気配が消えた。同時に腕の拘束が解かれ、不快なフェロモンの匂いが一気に薄くなる。

「……え？」

瞼を開けると、ベッドのすぐそばの床で、實森が樋口に馬乗りになっていた。

「わたしのことはなんと言われたっていい。ですが、先生を侮辱するのだけは、絶対に許さない！」

實森が樋口の胸ぐらを摑んで、激しく揺さぶりながら大声で叫ぶ。

「ひっ……」

樋口がみっともない悲鳴をあげるが、實森の怒りは収まらない。

「あなたみたいなクズアルファが、先生の人生や価値観を勝手に決めるなど、失礼極まりなくて反吐が出そうです」

實森は怒りに我を忘れたように樋口を責め、揺さぶり続ける。殴りこそしないが、床に何度も樋口の後頭部がぶつかっていることに、まるで気づいていない様子だ。

ふだんの落ち着きのある實森からは想像もつかない、荒々しく興奮した姿に多賀谷は目を疑う。

「オメガとて一人の人間です。性なんて関係ない。誰だって個人の意思を持ち、夢を見て、自由に人を愛し、愛される権利があるのですよ」

――え？

激昂した實森の口から出た言葉に、多賀谷は耳を疑った。

その言葉は、かつて投稿サイト時代に匿名で送られてきた感想の返事として、たった一度だけ送ったメッセージそのものだったのだ。

――あのメールの差出人、お前だったのか……。

まさか、あの感想メールの差出人が實森だったなんて――。

衝撃の真実を知って、多賀谷は失いかけていた理性をとり戻すことができた。そして、目の覚めるような想いで、實森を見つめる。

「生きたいように生きて、何が悪いのです。先生がどれだけ努力してきたか知りもしないくせに、アルファというだけでのさばっているあなたなんかより、先生のほうがうんと人として尊敬できる」

偽物のアルファとして生きてきた多賀谷を、實森は責めることもなく、ただ受け止めてくれていたのだと改めて思い知る。アルファであろうと重ねてきた多賀谷の努力を認めているからこそ、實森は本気で怒っているのだ。

「どうせ、先生の作品を読みもせず、アルファという性と容姿しか見ていなかったのでしょう。わたしは先生の作品のおかげで、自信をもって自分の好きな道を進む覚悟ができた。あなたはどうです？　誰かに『あなたのおかげで生きられた』と言われたことがありますか？」

樋口はすっかり實森に圧倒され、茫然とするばかりだった。

「自分の力で、努力を重ねて才能を開花させたこの人を嘲笑う資格なんて、あなたにも……世界中の誰にもない」

實森が口にする言葉の一つ一つが、多賀谷の胸に突き刺さる。

――そんなふうに言ってもらう資格なんて、俺にはない……。

子供のころから、自分の出自を恥じていた。父に捨てられ、母はだんだんとおかしくなり、友達と呼べる存在もなく、いつ嘘がバレるかと怯えながら生きてきたのだ。

そんな日々の中、唯一の楽しみだったのが空想の世界に浸る時間だ。

吐き出せない想いや理想、優しい人たちの物語を思い描くことに夢中だった。

いつしか、自分で考えた物語を誰かに読んでもらいたいと思うようになり、ファンタジー小説として発表したときから、少しずつ多賀谷の世界が変化し始めた。

偽のアルファだというのに、たくさんの人がまわりに集まってきて、優しくしてくれた。それを、自分自身が認められたと勘違いして……。

——あの男と、何も変わらないな。

自分がどんなに浅はかでみっともない人間だったのかと、今さらながらに情けなくなる。

「フェロモンの悪用は罪に問われることぐらいご存じですよね。通報されたくなければ、二度と先生の前に姿を見せないでください」

そう吐き捨てると、實森はこれで最後だとばかりに、思いきり樋口の顔を殴った。

みっともない悲鳴をあげてイモ虫みたいに丸くなる樋口をそのままに、實森がゆっくりとベッドに近づいてくる。胸焼けのする最悪なフェロモンの匂いはすっかり消えていた。

「先生、大丈夫ですか？　どこが痛むか言ってください」

ひどくとり乱した實森の、オロオロとして泣き出しそうな顔が妙に可笑しくて、多賀谷はつい噴き出してしまった。

「ふはっ……」

同時に涙がぶわりと溢れ出し、自分でも笑っているのか泣いているのかわからなくなる。

——やっぱり、好きだ……。

「え？　先生、どうされたんですか！　まさか骨折などされていませんよね？」

実森が慌てた様子で多賀谷を抱き起こしてくれる。

「平気だ。あんなヤツに、好きにされて堪るか……」

覚えのあるぬくもりが、優しく多賀谷を包み込んだ。

「でも、助かった」

ニッコリ笑って礼を言うと、實森がこれ以上ないくらい目を見開いた。

「先生?」

間近に見つめられていると、恥ずかしさで気が変になりそうで、多賀谷は慌てて目を閉じる。肩にまわされた逞しい腕を、意識せずにいられない。

實森が、好きだ。

この人を失いたくない。

嫌われたくない。

想いが溢れて止まらない。心臓が爆発しそうで、苦しくて、けれど、嬉しい。

「とにかく、この部屋を出ましょう」

何か言いたそうな空気が伝わってきたが、實森は素早く多賀谷を抱き上げると、スイートルームをあとにする。

抱きかかえられたままエレベーターで地下駐車場まで下りると、そのままロードスターに乗り込んで多賀谷の自宅マンションへ向かった。

「すみません。先に抑制剤を打つべきでした」

實森は多賀谷を寝室のベッドに下ろしながら、申し訳なさそうに言った。扉の向こうでは子ネコが不安そうに鳴いている。

「けど、誰にも会わず帰ってこられてよかったです」

そう言って、緊急用の抑制剤をとり出すと、多賀谷のジャケットを脱がせてシャツの袖を捲った。

「苦しかったのではありませんか？ 効果が出るまで少しだけ我慢してください」

そう言われて、いまだにフェロモンが漏れ出ているのだと知る。額に滲む汗や気怠さが、発情によるものか、緊張や興奮によるものか、多賀谷は判断できなくなっていた。

──それだけ、頭が働いていないってことか……。

となると、多賀谷のフェロモンを浴び続けている實森もつらいはずだ。現に、甘い匂いがかすかに香っている。アルコール綿を摘まむ指先も小刻みに震えていた。

苦しげに眉を寄せる實森を見上げ、多賀谷はおもむろに口を開いた。

「なんで、俺から感想の返事があったこと……言わなかったんだ」

感想を送ったことがあると聞いていたが、多賀谷からの返事について實森は何も言わなかった。その理由をどうしても知りたい。

「そんなことより、今は先生の身体が……」

「そんなことなんかじゃない！」

いきなり声を荒らげた多賀谷を、實森が啞然として見つめる。

「感想の返事は、お前にしか……送ってないんだ」

感想のメールにはほとんど目を通さなかったし、返事もしたことがない。

けれどたった一度だけ、読者に返事を送ったことがあったのだ。

「え……？　わたしにだけ……ですか？」

抑制剤を打とうする手を止めて、實森が驚きに目を瞠る。

「……ああ」

多賀谷はこくんと頷くと、ずっと忘れていた当時の記憶を手繰り寄せた。

何故、そのメールだけ開いたのか、理由は覚えていない。しかし、なんとなく読み始めた感想の送り主に、多賀谷は自分を重ねずにいられなかった。

「己の性に悩み、生きていることさえ罪のように感じながら生きている」と綴ったうえで、多賀谷の小説を読んで「性に関係なく自分らしく生きてもいいと気づかせてくれた。勇気をもらった」と続いていた。

「なんだろうな……。この世界のどこかに、同じ想いを抱える仲間がいるとわかって、すごく嬉しかったんだ」

だからこそ、返事を送ったのだ。作品を褒めそやすばかりの感想の中で、實森の感想からは偽りのない感動や、抱え続けた不安や葛藤がありありと伝わってきた。

自分らしく、生きたい——そう強く願う想いがはっきり感じられた。

「でも、デビューしてから、俺はあのころの想いをどんどん忘れてしまったんだ」

母の呪縛から解放されないまま、アルファ作家として世間に認知されたことが、多賀谷を追い詰めていった。

——オメガだとバレたら認めてもらえない。

そう思い込んで、いつの間にかオメガの自分を見下していた。

「だから、本当の俺は、實森に尊敬されるような、立派な人間じゃない」

「いいえ、そんなことはありません。先生は……充分苦しんでこられたはずです」

實森が首を振ってくれるのさえ、多賀谷には申し訳なく思える。

それでも——。

「お前が、そうやって俺を甘やかすから……いけないんだ」

震える手を差し伸べて、情欲を抑え込むために握られた實森の拳に触れる。

その瞬間、實森から強烈なフェロモンが放たれるのを感じた。

「先生……」

甘酸っぱくて爽やかな柑橘系の匂いが寝室いっぱいに広がっていく。

すると、まるで實森のフェロモンに応えるかのように、全身の毛穴が開き、激しい情欲が噴き出してきた。

「好きだ。お前が……實森がいないと、俺はもう生きていけない」

「駄目です、先生。今は……気が動転してるだけ……で」

動揺に唇を戦慄かせ、實森が多賀谷の身体を遠ざけようとした。しかし、その言動を裏切るかのように、濃密なアルファフェロモンが部屋いっぱいに満ちていく。

「いやだ。お前だって……去勢したくせに俺のフェロモンに反応してる……」

売れっ子作家だなどともてはやされているのに、どうして好きな人に想いが伝わらないのだろう。もどかしくて切なくて、やり場のない焦燥感に泣きたくなる。

「もう、くだらない見栄も、嘘も……全部、忘れるっ」

多賀谷はなけなしの勇気を振り絞って實森に抱きついた。同時に、フェロモンがどっと溢れる。

「せ、先生っ。待っ――」

けれど、實森は多賀谷の肩を摑んで押し返そうとする。

「お前を、愛してる……だから、どうか、俺を愛して――」

みっともない泣き顔を晒して、多賀谷は本能のまま實森を求めた。

「ああ……、忘れていました」

すると實森が肩を摑んでいた手を多賀谷の背にそっとまわした。

そう言って、嗚咽《おえつ》に震える身体を優しく抱き締めてくれる。

「あなたが教えてくれたんです。嘘偽りのない本心を晒して生きていいと……」

「さ、ねもり……？」

おずおずと見上げると、結んだ髪を解く様子が飛び込んできた。金茶色の髪が照明に透けて、まるで獅子《しし》の鬣《たてがみ》のようだ。

「一生、一人で生きるつもりでしたが、やはり無理みたいです」

次々とジャケットやシャツを脱ぎ捨てて上半身をあらわにすると、のしかかるようなアルファフェロモンを発する。

「だって、捨てたはずの本能が叫ぶんです。あなたを手放すな……って」

甘い蜜の香りと、爽やかな柑橘の香りが混ざり合って、多賀谷はうっとりと目を細めた。

「愛しています」

實森がキラキラと輝いて見える。

「あっ」

歓喜に全身が打ち震えた。同時に、性器が一瞬で張り詰めて後ろが濡れる。肌がざわめき、下半身から力が抜けていくようだ。

多賀谷の身体をゆっくりとベッドへ押し倒しながら、優しく頬を撫でてくれる。

「あなたがアルファでもオメガでも関係ない」

二人の体重にベッドが軋む音を聞きながら、多賀谷は掠めるような口づけを受けた。

實森は唇を触れ合わせたままで、囁き続ける。

「もちろん、あなたが作家じゃなくとも……きっとわたしは一瞬で恋に堕ちていた」

「……っ」

漆黒の瞳が、すぐそばで見つめていた。澱《よど》みのない双眸を潤んだ目で見返しながら、多賀谷はただ歓喜に涙するばかり。

「本当は、もうずっと……先生を手に入れたくて、仕方なかったんです」

愛の告白とともに、實森は頬や鼻先、顎や首許に口づけを繰り返す。

「先生にはじめて触れたときから、何かが違うと感じていました。でも、あなたは大切な作家で、わたしはしがない編集でしかない。それに、ずっと尊敬してきた多賀谷虹に邪な感情を抱く自分が情けなくて……許せなかったんです」

しかし、なんとか維持してきた自制心も、多賀谷のヒートにあてられてフェロモンを感知したときから、ほとんど意味をなさなくなっていたと實森は打ち明けた。

「本音を言いますと、どさくさに紛れて先生の項を嚙んでやろう……と、何度も思いました」

自らすべてを脱ぎ捨て、手際よく多賀谷を裸にしていきながら、實森は自嘲の笑みを浮かべる。

「でも、作家としてのあなたを尊敬する想いを、捨て去ることも無視することもできなかった。わたしと番うことで、先生が努力して積み上げてきたものを壊してしまいそうで、怖くて堪らなかったのです」

「そ、れは……」

實森が躊躇う気持ちは、多賀谷にも理解できた。

「けれど、もう自分に嘘を吐くのはやめにします。せっかく先生に教えていただいたのですから」

そう言うなり、實森は乱暴に唇を塞いできた。下唇にやんわりと歯をあてられ、思わず開いた口の中へ、すかさず舌を差し込んでくる。

「ふっ……うん」

荒々しい接吻《せっぷん》に脳がジンジンと痺れて気が遠くなる。互いのフェロモンが複雑に混じり合って、媚薬の中で溺れるような錯覚を覚えた。

「あなたを……愛しています」

ひとしきり多賀谷の口腔を味わうと、實森は額をくっつけてそう言った。あからさまに劣情をまとった瞳は、猛ったアルファの雄そのものだ。

「んっ、うん……俺も、お前が……好きだ。愛してるっ」

激しく求められる実感に、オメガの本能が震える。多賀谷は涙で顔をぐしゃぐしゃにすると、自分から口づけを求めた。

「すごく、いい匂いがします」

口づけを繰り返す合間に、實森が甘く囁いた。多賀谷の脚を開かせて腰を進ませると、すっかり勃起した性器を握る。

「あぁ……っ！」

たったそれだけで、多賀谷は呆気なく精を放ってしまう。實森のフェロモンに脳を侵されたのか、神経が過敏になっているようだった。

「感じやすいとは思っていましたが、食らいつきたくなるくらい可愛らしいですね」

實森が感嘆の溜息を漏らす。

「ば、かぁ……。見てないで……はやく、挿れろ……よ」

多賀谷は自ら股間に両手を伸ばすと、左手で性器と陰嚢を持ち上げた。そして、右手で尻朶を摑んで奥を曝け出す。

「ずっと、お前が欲しくて……堪らなかったんだ」

早く一つになりたい。深いところで繋がって、融け合ってしまいたかった。

「なんていやらしい格好……するんですか」

實森がゴクリと喉を鳴らす。尖った喉仏を上下させ、興奮に息を荒くしていた。鋭く光る眼差しは発情期の狼のようだ。

「破廉恥ですね……。そんなに、濡らして——」

これまで聞いたことがない下品な言葉遣いが、多賀谷をいっそう興奮させる。

額から滴り落ちる汗を手の甲で拭うと、實森は多賀谷の腰を抱え上げた。そして左の脚を肩に担ぎ、猛った性器を尻の狭間に擦りつける。

「あ、熱いっ……」

焼けた鉄のような亀頭の感触に、多賀谷は浅ましく愛液を垂らす。見えなくても、後孔が物欲しそうに震えるのがわかった。

「すみま……せんっ。優しく、できそうに……ないっ」

上擦った声で告げながら、實森はじわりと腰を進めていく。

亀頭が肉襞《にくひだ》を捲り上げる感覚に、多賀谷は胸を反り返らせた。

「あ、あ……っ」

まるで身体を鉄杭《てつくい》で穿たれるような衝撃に、呼吸を忘れそうになる。けれど、その息苦しさを快感がはるかに凌駕《りようが》した。

「ん、くそ……ッ」

頭上で實森が短く吐き捨てるのを聞いた直後、パンと肉同士がぶつかる音と同時に、多賀谷は一気に身体を貫かれた。そして、そのまま間髪容れず激しい律動に揺さぶられる。

「あ、ああ……。信じられ……ない。なんで、こんなに……気持ち、いぃ」

何かにとり憑《つ》かれたように無心で腰を振りながら、實森が淫らな声を漏らす。

「ひ、あぁぁ……！　いいっ……。奥まで……きてる。すごい、あ、ああ……っ」

それは多賀谷も同じだ。やっと實森と繋がれた喜びと、絶え間なく襲いくる快感に、甘く濡れた嬌声をあげて悦がりまくった。

「だめ、だ。これは……もちそうに、ありません」

腰の動きを止めることなく、實森が苦しそうに呟く。

そのとき、多賀谷は汗ばんだ手で實森の発達した逞しい太腿に触れた。

「噛んで……」

言って腰を捻ってみせる。

「後ろから……犯してっ……。中にお前の子種を……ちょうだい」

オメガの本能であり、多賀谷の心からの願いを喘ぐように告げる。

「それは、駄目です……」

實森が首を左右に振った。長い髪が大きく揺れて、汗の雫が四方に飛び散る。

「頼むから、噛んで……。俺をお前の……實森だけの番にしてくれ……」

涙を浮かべて切々と訴える多賀谷を、實森が苦悶の表情で見つめる。

「できない……」

實森の葛藤は目にも明らかだった。己の欲望に懸命に抗おうとしている。

「愛して、抱き合えるだけで、幸せなんです」

本心であり、強がりでもあると、多賀谷は感じた。

「あなたを、縛りつけたくない――」

それでも、多賀谷は諦めなかった。

「違う……」

實森の腿に爪を立てながら、想いの限りを叫ぶ。

「俺が、お前を……縛りつけるんだ！」

そのとき、實森がずるんと多賀谷の中から性器を引き抜いた。

「はぁ……んっ」

内側を乱暴に擦られる快感に、多賀谷はふたたび射精してしまう。

「まったく……。わたしはどうやら、あなたの我儘を拒絶できないらしい」

そう言うと、せわしない手つきで多賀谷をうつ伏せにした。そして、すぐさま尻に性器を突き立てる。体内をみっちり埋められたうえ大きな亀頭球の感触を尻に感じた。

「んあ……っ！」

目が眩むような快感に背を反らしながら、多賀谷は立て続けに絶頂に至った。

「もう、逃がしてあげられませんよ」

背中に覆い被さってきた實森が、耳を甘噛みして囁く。

「うん、うん……っ。いい、いいからっ」

がくがくと頷くと、多賀谷は息も絶え絶えになりながら、サイドボードの引き出しを指し示した。そこには保護シートを剝がすための特殊な溶液がしまってある。

「シート……剝いで」

いっそう濃いフェロモンを放ちながら指示すると、多賀谷はいやらしく腰をうねらせた。

「わかりましたから、悪戯し……ないでくださっ」

腹の中で實森の性器がビクビクと震える。

溶液が入った小瓶を手にすると、よほど余裕がないのか、實森は一気に中身を多賀谷の項に振りかけた。

「ああ……っ！　冷た……っ」

後頭部から肩までを冷たい液体でぐっしょり濡らし、多賀谷は思わず悲鳴をあげる。

「すみません。ですが、これですぐに剝がせます」

肌と一体化していたシートを端から剝がしにかかると、實森は呼吸をいっそう荒くした。挿入したまま腰を揺らしつつも、懸命に射精を堪えているらしい。

「……ああっ、多分、これで大丈夫……なはずですっ」

やがて苛立ちが最高潮に達したのか、シートをすべて剝がさないうちに實森が短く叫んだ。そして、多賀谷の腰をしっかり抱えると、律動を再開させる。

「――っ！」

ここまでとはまるで比べものにならない快感が、多賀谷に襲いかかった。

「はっ……ハァッ、はっ……ハアッ」

完全なラット状態に陥ったのか、實森は無我夢中で腰を叩きつけている。

二人のフェロモンがいよいよ濃厚さを増して、互いに絶頂が近いことを察した。

「あ、あっ……實森、噛んで、噛んで……。もう、イく――っ！」

次の瞬間、耳のすぐそばで獣の咆哮《ほうこう》を聞いたかと思うと、多賀谷の項に鋭い痛みが走り抜けた。尖った犬歯が皮膚を裂く感覚に、全身の血液が逆流する。

――やっと、だ。

夥しい量の精液を撒き散らしながら、多賀谷は今まで経験したことのない多幸感に包まれていた。身体の奥深くに、熱い精を放たれる心地よさに満たされて、それが零れないよう栓で塞がれる。他人から番へと身体が作り替えられるような感覚に自然と涙が溢れ、不思議な高揚に胸が震えて止まらない。

「ああっ、やっと手に入れた」

喉を喘がせたのは、實森だ。何度も項に噛みつきながら、ゆるゆると腰を動かしてさらなる絶頂を目指している。

アルファのラット状態における射精は長く、断続的に続く。

「絶対に、手放したりしません……。愛しい……虹」

嚙んだ項に舌を這《は》わせて、實森が多賀谷の名を呼ぶ。

「うん、……うん。ずっと俺を放すな。——命令だ」

陶然としつつ、多賀谷はやがて快感と幸福の中で意識を失ったのだった。

「すごい匂いだな。レモン何個分だ？」

ベッドの中で朝を迎えた二人は、互いに正反対の表情を浮かべていた。

多賀谷の発情はすっかり落ち着いているというのに、實森のフェロモンが漏れ出て収まらないのだ。

「抑制処置を受ける前は、自分でコントロールできていたんです。それなのに……」

實森が、居心地悪そうに首を傾げる。

原因はわからないが、抑制処置の効果が失われ、實森はすっかりアルファとしての特性をとり戻したらしい。しかし、フェロモンの制御方法を思い出せないらしいのだ。

「仕方ないな」

激しく動揺する實森を横目で見つめ、多賀谷はにやりと笑った。

「抑制剤を飲んで、しばらくはこの部屋から出ないようにしないと」

「え……。そうなると家のことが何もできませんが……」

ギョッとして睨みつける實森に、多賀谷はさらに続けた。

「大丈夫だ。安心しろ。俺が二十四時間つきっきりで監視しててやるから」

立場が逆転したとほくそ笑む。

すると、實森がしてやられたといった様子で、盛大な溜息を吐いた。

「あ、そういえば」

實森が思い出したように言って、すぐそばで丸くなっていた子ネコを抱き上げた。

「この子、どうなさいますか?」

實森は少しおどけた調子で、繰り返し多賀谷に問いかける。

「引きとりますか? それとも、返します?」

「ううん」

多賀谷は實森の手から子ネコを奪うと、顔を見合わせて互いの鼻先をくっつける。

「もうどこにもやらない。お前は……ずっとここにいろ」

多賀谷は湧きあがる感情のまま笑みを浮かべた。

「では、今日から正式に先生の子ネコということで、届け出をしておきます。それから番組の企画についてですが」

「あ、うん」

「先日、録画したデータを先方に送ったのですが、あまりにも時間が短いうえに細切れすぎるということで没になりました」

聞けば、ティエラプロと實森とで映像のデータを厳選して提出した結果、番組プロデューサーから「使えない」という連絡が入ったらしい。おそらく、撮影されたほとんどのデータを削って提出したせいだろう。

「ですが、企画発表時、大々的に先生の出演を宣伝したので、没になった時間分の帳尻合わせが必要になりました。そちらは次の収録にリモートか録画で参加して、企画をやり遂げられなかった謝罪をするという内容ですが、先生……よろしいですか?」

實森が少し上目遣いに反応を窺う。かつての多賀谷なら、絶対に受けない内容だった。

「わかった。それで全部丸く収まるなら」

できることをするほかない。これ以上、實森に迷惑をかけたくはなかった。

「殊勝な態度の先生というのは、何か裏がありそうで怖いですね」

實森が肩を竦めておどける。

「うるさい。少しは悪いと思ってるんだ」

「そういうことを言葉にしてくださるようになって、わたしはとても嬉しいです」

その言葉が本心だと証明するように、實森は穏やかな微笑みを向けた。

「では、最後に子ネコの名前ですが」

飼うとなれば、やはり名前を決めなくてはならない。

「小難しく考える必要なんてないだろ。ネコはネコで充分だ」

「さすがに、それはどうかと……」

多賀谷の最悪なネーミングセンスに、實森が顔を顰める。

「小説の登場人物には、素敵な名前を考えてくださるのに……」

「だったら、實森が決めろ」

そう言うと、多賀谷は實森の手に子ネコを押しつけた。

「待ってください。先生」

爽やかに晴れわたった空とは裏腹に、リビングルームに緊張が漂う。

「先生、『マシュカ』という名前はいかがですか？」

言いながら、多賀谷の腕をくいっと引っ張る。

「……マシュカ？」

多賀谷は振り向くと、實森に抱かれてくつろぐ子ネコを見た。

「スロバキア語でネコという意味です。正式な発音はマチュカが近いのですが、男の子ですし、マシュカのほうがいいと思いませんか？」

顎の下を指先でくすぐりつつ、實森は早速子ネコに「マシュカちゃん」と呼びかける。

すると、子ネコが返事をするように「にゃあ」と鳴いた。

「よかった。気に入ってくれたようです」

實森が満足そうに子ネコ――マシュカを見つめて目を細める。

マシュカは長い指先にじゃれついたり甘噛みを繰り返した。

「お前はやっぱりすごいな、實森。俺と違ってなんでもできる」

マシュカと戯れる實森を見つめ、今ならどんなことでも話せそうだと思った。

「先生こそ、とても素晴らしい人だと思いますよ」

「いいや、俺は臆病で、見栄っ張りなだけだ」

どういうことかと、實森が無言で首を傾げる。

多賀谷には、いくつか心から消せない情景がある。

息子がオメガだと判明した日の、満開の花園。

父が母を捨てた、寒い日の夜。

クズの烙印《らくいん》を押された、石造りの城。

息子の性を否定する母の、呪詛の言葉。

「俺はずっと、誰かを信じて、そのあとで捨てられるのが怖かった」

多賀谷の告白を聞いていた實森が、震える拳をそっと包み込んでくれる。

「仲よくなって失ったり、裏切られたり……。だから、マシュカのことも、お前のことも、名前……呼べなくて――」

「大丈夫。わたしがいます」

言いながら肩を抱き、實森が甘く優しい声で囁く。

「言ったはずですよ。何があってもあなたが一番大切だと」

永久の愛とぬくもりに包まれて、多賀谷は声もなく、大粒の涙を零した。

【エピローグ】

實森はその勤勉さもあってか、思ったより早くフェロモンを抑制できるようになった。そのころには多賀谷の項の噛み痕もすっかり癒え、二人と一匹は久々に何もない穏やかな日常を送っていた。

リビングルームで難しい顔を突き合わせる多賀谷と實森の傍らで、すっかり大きくなったマシュカが丸くなって寝息を立てている。

「とりあえず、しばらくの間はアルファ作家という肩書のままでいいと思います」

實森と番契約を結んだことを、ティエラプロモーションや二谷書房になんと報告すべきか二人で相談していたのだ。

「いきなりオメガと明かすのもどうかと思いますし、かといって……」

今になって困惑する實森に、多賀谷はあっけらかんとして言い放つ。

「もともとオメガだってことを隠してたんだ。フェロモンもお前にしか効かなくなるし、かえって番になってよかったんじゃないか？」

マシュカを膝に抱いて實森の隣に移動すると、多賀谷はぴったり身体をくっつけた。

「それはそうかもしれませんが、わたしのほうも少し困っていまして……」

「何かあったのか？」

「最近、やたらと声をかけられるように……」

實森は本気で困っているようだった。フェロモンを制御できるようになったとはいえ、アルファ特性が蘇ったことでほかのオメガを引き寄せるようになってしまったらしい。

「たしかに、それはちょっと困るな。あ、ならいっそペアリングでも買うか？」

「それは、まだ時期尚早かと思います」

嬉々として提案するが、實森に呆気なく却下される。

ムッとして肩に寄りかかると、實森はすぐに優しく髪を撫でてくれた。心地よさにうっとり目を閉じ、マシュカのやわらかな毛並みを堪能する。

「それより、抑制処置のことです。わたしみたいな事例が増える前に早く対処しないと、手遅れになってしまいます」

処罰として施されることを考えると、實森の言うことはもっともだった。

「そういえば、前にバース性の発見について調べたとき、『魂の番』ってあったな」

多賀谷はデビュー作を書くきっかけになった古い伝奇小説の存在をふと思い出した。

「魂の番」とは、アルファとオメガの間にのみ成立する関係性で、出会った瞬間お互いに番だと認識するという。そして、オメガは強制発情、アルファはラット状態に陥ると記されてあった。

「たしか古い言い伝えでしたよね？　もう百年以上見つかっていないと聞きました」

「魂の番」に関する資料は世界中で確認されているが、その存在はもはや都市伝説となっている。

「とりあえず、わたしは処置を受けた病院で精密検査を受けることにします」

番となった二人だが、これまでと変わらない生活が続いている。しかし、多賀谷の更生が認められ、近々監視は解除される見とおしだ。

「先生は今までどおり表向きアルファということで様子をみることにしましょう。……本当はそんな肩書などなくても、多賀谷虹の作品は世界一だとわたしは信じていますが」

「……うん」

臆面もなく褒められると、どうにもくすぐったくて照れ臭い。

「ありがとう。實森に……侑一郎に出会えて、俺は本当に生まれてきてよかった、今は心からそう思う」

素直に感謝と愛情を伝えることを、實森が教えてくれた。

腕を伸ばしてきつく抱き締めると、多賀谷は自ら實森にキスをした。

それから数日後、精密検査を受けた結果を實森が持ち帰ってきた。

「医師の診立てによると、オメガの発情にあてられて、抑え込まれていたアルファ性が強制的に目覚めたという仮説が有力だとのことです」

「ふぅん。だいたい、俺の予想どおりだな」

頷く多賀谷に、實森がさらに続ける。

「とにかく、アルファの抑制処置が完璧でないとわかったことは、重大な意味があるということです。あと、今後も継続して検査に協力してほしいと頼まれたので、仕事と家庭に皺寄せが及ばない程度に協力するつもりです」

担当医師も實森のアルファ性の復活は、予想外だったらしい。

「侑一郎はそれでいいのか？」

人体実験の被験者にされるのではないかと、多賀谷は心配になる。

すると實森はまるで気にするふうもなく、いつもの穏やかな微笑みを浮かべた。

「大丈夫です。医学やバース性研究の役に立てるなら、協力は惜しまないつもりです。ただ、改めて抑制処置を受けるという話はお断りしておきました」

實森がずっと毛嫌いしてきた己のアルファ性をようやく受け入れることができたのだと、多賀谷はすぐに察した。

「本人が納得してるなら、まあ、いいけど」

研究への協力には複雑な気分だったが、實森の意思を尊重したいと思う。

「あと、嬉しい……かもしれない報告があります」

多賀谷がきょとんとすると、實森が不意に髪にキスをくれた。

「以前『魂の番』の話をしましたよね？　そのことで担当の医師が教えてくださったのですが、『魂の番』に出会ったアルファは、相手のオメガフェロモンの前ではただの獣になり果てる――という、古い研究報告があるそうです」

「……それのどこが、嬉しい報告なんだ？」

訝る多賀谷をぐいっと抱き寄せ、實森がこそりと耳許に囁いた。

「わたしたちが『魂の番』じゃないかということです」

「俺と……侑一郎が？」

目を瞬かせていると、實森が「そうです」と言ってきつく抱き締めてくる。息もできないほどの抱擁に、多賀谷は堪らず脚をバタつかせた。

「にゃあっ」

責めるように鳴くと、マシュカが多賀谷の膝からするりと逃げ出していく。

「く、苦しいって……。放せってば！」

「いやです。二度と……一生放して差し上げませんよ。わたしの……ディステニー」

気恥ずかしい言葉も、きつい抱擁も、多賀谷をただ幸せにするばかりだ。

『生まれながらに優劣なんてないの。歩む道は、自分次第でいくらでも選ぶことができるわ。自分に素直に、恥じないように生きる――それが、人に与えられた自由よ』

あの一文は、自分が誰かに言ってほしかった言葉だ。
偽りの姿ではなく、本当の……オメガの自分を認めてほしい。愛してほしかった。
すべて創作だと謳ってきたが、そうじゃない。
すべて、願望だった。
祈りだった。
夢だった。
自分を救いたくて、救われたくて……がむしゃらに書き綴った物語——。
「いいじゃないですか。それで救われた人がいるのですから」
實森が笑う。
「自分のために……幸せになるために、あなたは思うように書き続けてください」
生涯のパートナーとして、實森に恥じない生き方をしよう。
ただ一人のアルファに出会えた運命に、多賀谷はこっそりと涙したのだった。

互いに心を許し、繋ぎ合ってから、二か月あまりが経過していた。
出版記念パーティーで多賀谷を襲った樋口については、舞台化のスポンサーから降りることと、多賀谷のバース性を他者に漏らさないという誓約書を引き換えに、フェロモンの悪用や暴行で訴えないことになった。

その、舞台化されたデビュー作のプレビュー公演を終えた夜のことだった。

「日本に戻ってきたときにはもう、まともじゃなくなってた」

自分が産んだ子がオメガだと受け入れられず、心身ともに衰弱して施設で暮らす母の現状を、多賀谷ははじめて實森に話した。

「では、いつか会いにいきましょう」

アルファである實森と結婚したと告げたら、母はどんな顔をするだろうか。

「本当のあなたを見てくれなかったかもしれませんが、見捨てはしなかった。いびつではありますが、母親として愛してくれたことに変わりはないと思いませんか」

實森に言われて、ふと思う。

異国から日本に戻り、オメガの母親がたった一人で子供をアルファとして育てるのは、容易いことではなかっただろう。多額の手切れ金があったとはいえ、母自身、差別に身を晒していたに違いない。

「それに、お母さんのことが好きだったから、あなたも頑張ろうと思ったのでは?」

「……うん」

實森の言うとおりだ。

心を病んで夢の世界の住人となった母に、笑っていてほしかった。

「いつか、会いにいって……幸せだよって、報告したい」

実森に肩を抱かれて目を閉じると、多賀谷は母の面影を脳裏に描いた。


多賀谷虹が担当編集兼マネージャーとの婚姻を発表したのは、デビュー作の舞台が千秋楽を迎えた日のことだった。

翌年、ティエラプロモーションに所属する俳優やタレントのプロフィールから、バース性の表記が消えた。二谷書房の出版物もそれに倣い始め、その動きはほかの業界へも広がりつつある。

あとがき

こんにちは、四ノ宮慶です。はじめましての方も、ご無沙汰していますの方も、「偽物アルファは執事アルファに溺愛される」を手にとってくださってありがとうございます。

イラストを担当くださった奈良千春先生。久しぶりにご一緒できたというのに、ご迷惑をおかけして本当にすみませんでした。キャラの特徴をしっかり捉えてくださっていたり、小物などの演出がとても嬉しかったです。本当にありがとうございます。

そして担当さん。ナイスなキャラ変更のご指示、すごく感謝しています。そして、たくさんご迷惑、ご負担をおかけして申し訳ありませんでした。多賀谷には遠く及ばないへっぽこですが、これからもよろしくお願いします。

最後に読者の皆さん。当社比最大級溺愛オメガバース、楽しんでいただけたでしょうか？　商業作でははじめての挑戦なので、皆さんのご感想が気になります。よかったらご感想をお聞かせくださいね。そして、またどこかでお会いできますように……。

四ノ宮慶先生、奈良千春先生へのお便り、
本作品に関するご意見、ご感想などは
〒101 - 8405
東京都千代田区神田三崎町 2 - 18 - 11
二見書房　シャレード文庫
「偽物アルファは執事アルファに溺愛される」係まで。

本作品は書き下ろしです

CHARADE BUNKO

偽物《にせもの》アルファは執事《しつじ》アルファに溺愛《できあい》される

2022年 1 月20日　初版発行

【著者】四ノ宮慶《しのみやけい》

【発行所】株式会社二見書房
東京都千代田区神田三崎町 2 - 18 - 11
電話　03（3515）2311［営業］
　　　03（3515）2314［編集］
振替　00170 - 4 - 2639
【印刷】株式会社 堀内印刷所
【製本】株式会社 村上製本所

落丁・乱丁本はお取り替えいたします。
定価は、カバーに表示してあります。

ISBN978-4-576-21207-4

https://charade.futami.co.jp/

CHARADE BUNKO

今すぐ読みたいラブがある!

墨谷佐和の本

早く目覚めればいいと待ち望んでいた

かけだし騎士はアルファの王子の愛を知りました

イラスト=明神 翼

士官学校を卒業したばかりのデュラン。地方貴族出のベータということで閑職に回されかけたところを、次期国王と名高い完璧なアルファ、リカルド王子にオメガとして見込まれ、オメガの弟・アンジュの警護を命じられる。自分は、ベータなのに？ 反論は曖昧に流されてしまう。名誉ある任に意欲を燃やすデュランだったけれど…。